中公文庫

うぽっぽ同心十手裁き

蓑　虫

坂岡　真

中央公論新社

目次

うぽっぽ同心十手裁き　蓑虫

降り見降らずみ

一

文化四年、師走《しわす》。

凍《こご》えるような寒さのせいばかりではない。

おしのは茶箱のなかに隠れ、からだの震えが収まるのを待った。

「ぬぎゃっ」

またひとつ、悲鳴があがる。

おしのは耳を押さえ、じっと目を瞑《つむ》った。

旦那さまも奥さまも殺された。お嬢さまたちはきっと、逃げおくれたにちがいない。番頭さんも女中頭のおとめさんも丁稚《でっち》どんもひとりのこらず、残忍な盗人どもの刃《やいば》に掛かるのだ。

やがて、何ひとつ物音が聞こえなくなった。

たぶん、雪は降りつづいていることだろう。

しんしんと降る雪が、静寂さを深めているのだ。

おしのは勇気を奮いおこし、茶箱の蓋《ふた》を少しだけずらす。

さきほどから、汗をびっしょり掻《か》いていた。

蓋の隙間から、外を覗《のぞ》いてみる。

うっ。

血腥《ちなまぐさ》い。

薄闇の向こうに、龕灯《がんどう》の灯が閃《ひらめ》いている。

柿色装束の人影が浮かんだ。

ひとり、ふたり、三人。

四人目は禿頭《はげあたま》の雲を衝《つ》くほどの大男だ。

顔には、おたふくの面をかぶっている。

そういえば、おたふく小僧と呼ばれる盗人一味のことを、おとめさんに聞いたことがあった。数年前にも日本橋の呉服屋が襲われ、家人も奉公人もみなごろしに遭《あ》ったという恐ろしいはなしだ。

おしのは茶箱の蓋を閉じたが、しばらくして、もういちど蓋をずらして外を覗いてみた。

おたふくの面をかぶった五人の盗人が、帳場に集まっている。

そのうちの三人は、腰に大小を差していた。

浪人者かなと、おしのはおもった。

「おかしら、丁稚が隠れていやした」

六人目の声が、すぐそばで発せられた。

両手の蒼《あお》い男が、丁稚どんの襟首をつかんで引きずってくる。

「堪忍《かんにん》してください。堪忍してください」

丁稚どんは、必死に懇願していた。

丁稚どん、丁稚どん。

おしのは、胸の裡《うち》で叫んだ。

恐怖のせいで、涙も出てこない。

「おかしら、この小僧、どうしやす」

蒼い手の男は問うたそばから、頭目らしき肩幅の広い男にどやされる。

「てめえ、ふざけたことを抜かすんじゃねえ。早《はえ》えとこ、突き殺しちまえ」

「へ、承知しやした」

おしのは、声をあげそうになった。

震える手で蓋を閉じ、身を縮めてぎゅっと耳をふさぐ。

そのまま、まんじりともせずに、蒸し風呂と化した茶箱のなかで一刻《こく》余りも耐えつづけた。

二

七ヶ月後。文化五年、立秋。

いっこうに去ることのない夏の温気《うんき》とともに、土手には乳色の靄《もや》が立ちこめている。

川風に吹かれて囁《ささや》くのは、ささやき草とも呼ぶ竹煮草であろうか。

「去れ去れ、去れ去れ。そんなふうにも聞こえてきやすね」

すっぽんの銀次《ぎんじ》が皺《しわ》顔をしかめた。

いまだ明け初めぬ本所竪川の汀《みぎわ》に佇《たたず》み、長尾《ながお》勘兵衛《かんべえ》は死臭を嗅《か》いでいる。

「ほとけをみつけたな、小梅村の百姓でしてね、八幡さまの草市へ真菰《まこも》を売りにいく中途だったとか」

「運のねえ野郎だな」

「まったくで。しかも、ほとけをみつけて腰を抜かし、慌てふためいたあげく、大橋を渡っちめえやがった。本所の番屋へ飛びこめばいいものを、柳橋の番屋へ転がりこんできたってなわけで」

「ちょうどそこに、おめえが居合わせた。運のねえのはどうやら、すっぽんの親分のほうらしい」

「うぽっぽの旦那もご同様でさあ。なにせ、朝っぱらから、死人の臭いを嗅がなきゃならねえんだ」

「何度嗅いでも、この臭いだけは御免蒙《ごめんこうむ》りてえな」

日本橋の葺屋町《ふきやちょう》で「福之湯《ふくのゆ》」を営む老練な岡っ引きは、目脂《めやに》のたまった目をしょぼつかせた。

「旦那、十手持ちってな、因果な商売ですぜ」

「まったく、そのとおりよ」

当年取って五十六、福々しい頬に笑みを湛《たた》えた丸顔、小太りのからだに縞《しま》の着流しと黒羽織がよく似合う。切れ長の眸子《まなこ》はあいかわらず涼しげで、眉間《みけん》にはちゃんと黒子《ほくろ》もあるが、鬢《びん》の白さと目尻の皺は以前よりも目立つようになった。

暢気《のんき》な顔で飄々《ひょうひょう》と町じゅうを歩きまわる風情から、付いた綽名《あだな》はうぽっぽ、洟《はな》垂れや嬶《かか》あからも親しげにそう呼ばれる。

南町奉行所の廻り同心を勤めて、早いもので三十五年が経った。

世の中の表も裏も知り尽くしている。そろそろ、隠居してもよい頃だ。

しかし、どうにも踏んぎりがつかない。

なにしろ、腹の立つことが多すぎる。

世の中は、理不尽なことだらけだ。

十手の権威を笠に着る気はさらさらないが、手助けの要る弱い連中を助けるのに、十手ほど便利な代物《しろもの》はない。それが身に沁《し》みてわかっているだけに、からだの動くあいだは忠勤に励み、世間に尽くしたいなどと、殊勝なことを考えている。

「旦那、靄が晴れるのを待ちやすかい」

「いいや、ほとけをとっくり拝ましてもらおう」

裾《すそ》にまとわりつく靄を漕《こ》ぎわけて進んださきに、四十前後とおぼしき男の屍骸《むくろ》が仰向けに寝かされていた。

筵《むしろ》の脇で小者が番をしていたはずだが、小便にでも行ったのか、人影はない。

まっさきに目に飛びこんできたのは、屍骸の両手だった。

「銀次、手首からさきがやけに蒼いな」

「そうでやすね。こいつはどうも、尋常な蒼さじゃねえ」

「たぶん、ほとけは紺屋《こうや》の職人だ。藍の染料で手が染まったのさ」

「なるほど。そうとなりゃ、早々に身元も割れやしょう」

勘兵衛は屈《かが》みこみ、瞼《まぶた》を開いたほとけの頬に触れた。

そうやって皮膚の硬さを確かめたあと、どす黒い血に染まった着物の襟をひらく。

すると、左胸の刺し傷があらわになった。

「得物は出刃庖丁《でばぼうちょう》だな。靄が晴れたら探してみよう」

「ほかに金瘡《きず》はありやすかい」

「なさそうだ。この傷なら、手桶一杯ぶんの血が噴きでたろうよ」

「殺《や》られたな、昨晩でやすかね」

「死んでから二刻ってとこだな」

「するってえと、丑《うし》ノ刻あたり」

「丑の一点だ。おれが厠《かわや》に起きたころさ。近頃は年のせいで、めっきり小便が近くなりやがってな」

「そいつは、あっしも同じで。ちょいと気を抜きゃ、漏《も》れちまう」

「糞《くそ》じゃねえだけ、まだましさ」

「丑ノ刻といやあ、小雨がぱらついておりやしたね」

「しつけえ丑雨になるのかとおもったら、いつのまにか熄《や》んじまった」

喋《しゃべ》りながらも、勘兵衛は検屍をつづけている。

やはり、致命傷となった傷以外に金瘡はみあたらず、首を絞められた痕《あと》や頭を撲《なぐ》られた痕もなかった。

「もう少しで、鴉《からす》に目玉を穿《ほじく》られるところだったな。みつけてくれた真菰売りに感謝しなくちゃなるめえ」

勘兵衛はほとけに語りかけ、大儀そうに腰を持ちあげる。

やがて、東の空が白みはじめ、定式幕を引くように靄も晴れていった。

靄がすっかり晴れると、周囲の状況が鮮明になった。

竪川はゆったり流れている。

左手に広がる水戸《みと》藩の石切場を抜ければ、大川への落ち口だ。

目のまえの一ツ目橋を渡った向こうには、勧進相撲や突き富のおこなわれる回向院《えこういん》が控えている。

屍骸の仰臥《ぎょうが》した汀には、百合《ゆり》に似た橙《だいだい》色の花がまばらに咲いていた。

「萱草《かんぞう》か」

勘兵衛が、ぽつりとこぼす。

萱草は、忘草《わすれぐさ》の別称を持つ花だ。

血飛沫《ちしぶき》を浴びて、花弁の一部が黒ずんでいる。夥《おびただ》しい血が土に染みこんだ痕もあり、藍染師がこの場で胸を刺されたのはあきらかだった。

「旦那、足許にこれが落ちていやした」

銀次が、吾妻下駄の片方を拾いあげる。

「鼻緒が切れていやがる。女物みてえだ」

「どれ」

勘兵衛は吾妻下駄を受けとり、じっくり調べはじめた。

「返り血が付いているぜ。下駄の主《ぬし》が殺ったのかもな」

「するってえと、下手人は女」

「歯の減り具合から推すと、こいつは右足のほうだな。履いていたのは、甲高の年増にちげえねえ」

「そこまで、わかりやすか」

「鼻緒の柄《がら》が洒落《しゃれ》ている。小娘じゃ、この柄は履きこなせねえ」

「なあるほど。さすがは旦那だ」

銀次は感心してみせ、凶器の庖丁を探しはじめる。

「あ」

拾いあげたのは出刃庖丁ではなく、朱色の破れ提灯《ちょうちん》だった。

「旦那、提灯にも返り血が」

「ほ、そうかい」

提灯には、墨で絵柄が描かれていた。

花と葉を模した家紋のような絵柄で、左隅に「べ」という字が墨で力強く書かれてある。

「判じ物だな」

と言いかけ、勘兵衛ははっとした。

絵に描かれた花と、汀に咲いた萱草が重なったのだ。

「銀次、百合にみえるその花は萱草だ。ほら、ほとけのそばに咲いている」

「まるで、手向《たむ》けの花じゃねえか」

「葉っぱは別物だな。葛《くず》の葉に似ているぜ」

「萱草の花に葛の葉、それに、べ。何が何だか、さっぱりわかりやせんぜ」

「銀次よ。そのべ、どこかでみたことがあるぞ」

「そういや、癖の強え字だな」

「下谷の提灯師に治平という爺さまがおったろう」

銀次は、ぽんと膝を打つ。

「おりやした。ぽっくり逝ってなきゃ、七十を超えている爺さまだ。さっそく、当たってみやしょう。提灯を注文した相手がわかるかもしれねえ」

「頼んだぜ」

「へい」

銀次が踵《くびす》を返したところへ、ふたつの影があらわれた。

「ちっ、本所廻りの蛆虫《うじむし》どもだ」

身構える銀次の後ろで、勘兵衛は懐《ふところ》中にさっと下駄を隠す。

なぜ、そうしたのかはわからない。長年の勘が、そうすべきだと囁いたのだ。

土手から颯爽《さっそう》と降りてきたのは、同心の宍戸馨之介《ししどけいのすけ》と岡っ引きの文七《ぶんしち》だった。

蟹《かに》のようなからだつきの宍戸は勘兵衛と同年配で、土用干しの雪駄なみにいつもふんぞりかえっている。岡場所の周辺では目こぼし料を集めてまわり、貧乏人にも平然と袖の下を要求する。嫌われ者だった。

一方、提灯持ちの文七は抜け目のない男で、鼬《いたち》顔の両鬢をすっぱり剃《そ》っているところから、びんぞりの綽名で呼ばれている。年は四十を超えたあたり、常から銀次を老いぼれ扱いしていた。

「うぽっぽめ、まだ生きていやがったか」

宍戸は肩を怒らせ、大股でずんずん近づいてくる。

「てめえが何で、大川のこっちにいやがるんだ。他人様の縄張りを荒らして、そんなに楽しいか」

「縄張りを荒らす気なんざ、さらさらねえよ」

「だったら何で、偉そうに立っていやがる。三十五年も廻り方をやりつづけ、手柄ひとつあげたためしもねえ。そこいらへんをほっつき歩くしか能のねえ老いぼれがよ、どうしてまた、殺しに首を突っこむんだ」

「これでも、いちおうは十手持ちだからな」

「ふん。猫に小判、うぽっぽに十手。そうやって小莫迦《こばか》にされてんのが、まだわからねえのか」

わかったところで、腹も立たぬ。

勘兵衛は、仏頂面で押し黙った。

「ま、袖の下の受けとり方も知らねえ間抜けに、何を言ってもしょうがねえがな」

いつもなら笑って聞き流すところだが、今日にかぎってはむかっ腹が立ってきた。年のせいかもしれない。このところ、すぐに、かっとなる。

市井の連中に「微笑仏《みしょうぶつ》」などと呼ばれる笑顔は失せ、気づいてみると、歩きながらひとりで悪態を吐《つ》いていることもあった。

宍戸は、さらに煽《あお》りたてる。

「どっちにしろ、てめえは南町奉行所のお荷物なんだぜ。どうにも、目障りでしょうがねえや。明日にでも隠居しちまえ。けっ、小太り親爺め、何とか言ったらどうなんだ」

「うるせえ」

勘兵衛はめずらしく、啖呵《たんか》を切った。

「この蟹野郎め、てめえなんぞの相手をしている暇はねえんだ。退《ど》きゃがれ。銀次、帰《け》えるぞ」

「へ、へい」

銀次さえも、当惑している。

宍戸と文七は呆気《あっけ》にとられ、阿呆《あほう》顔で勘兵衛の背中を見送った。

川面は曙光に煌《きら》めき、土手に生えた竹煮草は風にさわさわ靡《なび》いている。

「旦那、文七のやつ、破れ提灯を拾っておりやすぜ」

銀次のことばに振りむけば、文七が提灯をしげしげと眺めていた。

地べたに目を移せば、屍骸の男が蒼い手で虚空を摑《つか》もうとしている。

「恨みだな」

何ひとつ根拠はないが、勘兵衛はぼそりとつぶやいた。

三

八丁堀の自邸に戻ってみると、人の気配はなく、閑散としていた。

火の消えた竈《かまど》には、冷めた豆腐の汁鍋が掛けてある。

勘兵衛は渋い顔で蓋を開け、突如《とつじょ》、大声を張りあげた。

「静《しず》っ、静はおらぬか」

満天星《どうだん》の垣根に囲まれた庭に降り、木陰や鉢植え棚の裏に目を配る。

町医者の井上仁徳《いのうえにんとく》に間借りさせた表の看立所《みたてどころ》にもまわってみたが、仁徳も静らしき人影もない。

「くそったれ」

血相を変えて冠木門《かぶきもん》を潜《くぐ》り、裾を端折《はしょ》って狭い道を駆けぬける。

気づいてみれば、堀川に架かる地蔵橋《じぞうばし》のたもとまでやってきた。川を見下ろすように、南天桐が大きな枝を広げている。

静がいた。

高みの梢《こずえ》を見上げ、普賢菩薩《ふげんぼさつ》のように微笑《ほほえ》んでいる。

「静」

そういえば、二十数年前にも同じようなことがあった。

ふいに家から消えた静を追いかけて地蔵橋まで来てみると、十九の静が南天桐の梢を見上げていたのだ。

静は、勘兵衛の一目惚《ひとめぼ》れでいっしょになった町屋の娘だった。

横顔にはまだ少女の面影を残していたが、愛娘を孕《はら》んでもいた。

綾乃《あやの》を産んでちょうど一年が経《た》ったとき、静は家から居なくなった。

――すみません。綾乃をお願いします。

書き置きを一枚残し、どこかへ消えてしまったのだ。

勘兵衛は混乱した頭で紙を破りすて、はだしで町中を駆けずりまわった。

「静、静」

みっともないほど狼狽《うろた》え、亀島橋を渡って霊岸島のほうまで駆けていった。異変を察した仁徳の手で羽交《はが》い締めにされていなければ、江戸じゅうを駆けまわっていたにちがいない。

口惜《くちお》しさが募ってきたのは、数日経ってからのことだった。

おめえにゃ女心がわかっちゃいねえと、酔いどれ医者の仁徳にたしなめられた。

そのとおり、自分にはいたらぬところがあったのだろうと察しはついても、静が失踪したほんとうの理由はわからなかった。

二十年余りが経った今も、理由は判然としない。

静本人も、わかってはおるまい。

なにせ、記憶を失っているのだ。

かえって思い出さぬほうがよいと、勘兵衛はおもっていた。

思い出した途端、また遠くへ行ってしまうような気がするからだ。

「静」

勘兵衛は安堵《あんど》の溜息《ためいき》を吐き、最初から隣に居た風情で名を呼んでみる。

静はゆっくり振りむき、笑いながら梢を指差した。

「ほら、猿子《ましこ》」

勘兵衛は、やんわりと否定する。

「いいや、あれは鶍《いすか》だ。ほら、嘴《くちばし》の上と下が嚙《か》みあっておらぬだろう」

「鶍」

――ちゅちゅ、ちゅいーん。

橙色の羽毛を持つ雄鳥が、悲しげに鳴いた。

おもえば、ふたりの生きざまは、鶍の嘴のように食いちがったままだ。

それでも、静は我が家へ戻ってきてくれた。

今は、ともに一年半をつつがなく暮らしたという安心だけがある。

戻ってきた当初から、静は記憶の大半を失っていた。

記憶の衰えは日々ゆっくりと進んでおり、この頃では綾乃が嫁ぎ先から訪ねてきても、娘と認識するのさえ容易ではなくなってきた。

ただ、毎朝欠かさず、美味《うま》い味噌汁だけはつくってくれる。

それでいい。そばに居てくれるだけでいいのだと、勘兵衛はおもう。

この一年半、戸惑いつつも、そう考えるようにつとめてきた。

静が居てくれれば、独り寝の淋《さび》しさを紛らわすことはできる。安心して朝までぐっすり眠ることもできる。

先代からの間借人でもある仁徳は静を許しておらず、むしろ、嫌っていた。隣近所の連中も眉《まゆ》をひそめている。

だが、他人にどうおもわれようと、勘兵衛は気にしない。

二十数年の空白を埋めるように、ゆったりと静を愛《いと》おしんでやりたかった。

――ちゅちゅ、ちゅいーん。

梢が揺れ、鶍が灰色の空へ翔《か》けのぼっていく。

「さあ、帰ろう」

勘兵衛は静を促し、狭い道をたどって家に戻った。

中庭につづく簀戸《すど》を抜けると、銀次が待っていた。

庭箒《にわぼうき》を握ったまま、笑いかけてくる。

「おや、静さま、お散歩ですかい」

静ははにかんだように微笑み、勝手のほうへ消えていった。

銀次だけは、わかってくれる。失踪する以前の静を知っているのだ。

「旦那、提灯の持ち主がわかりやしたぜ」

「ほ、そうか」

どうやら、下谷の治平爺は生きていたらしい。

「ぴんしゃんしておりやしたよ。あの爺さま、あたまのほうも惚《ぼ》けちゃいねえ。提灯を注文したな、向島で料亭をやっている女将《おかみ》だそうです」

名はおくず、料亭の屋号が一風変わっていた。

「べからず亭というそうで。爺さまの書いた字は、べからずのべでやした」

「べからず亭か。聞いたことがあるぞ」

「今から、向かいやすかい」

「よし、行こう」

「静さまは」

「綾乃に声を掛けておけばいいさ」

「それじゃ、あっしがひとっ走り」

「頼む」

銀次の背中を見送りながら、勘兵衛は懐中に手を入れた。

取りだした吾妻下駄には、藍染師の血が染みこんでいる。

「まったく、因果な商売だぜ」

溜息を漏らしたところへ、味噌汁の美味そうな匂いが漂ってきた。

四

——ちょんぎーす。ちょんぎーす。

昼の日中から、蟋蟀《こおろぎ》が鳴いている。

空には雨雲が低く垂れこめていた。

向島は文人墨客の隠れ家ともいうべきところで、大川を渡った江戸のとっぱずれにもかかわらず、有名な料理茶屋がいくつもあった。ことに、三囲稲荷《みめぐりいなり》から秋葉大権現へ向かう田圃《たんぼ》のただなかには「武蔵屋」や「大七」といった名料理茶屋が建ちならんでいる。

秋葉山のやや南にある「べからず亭」は知る人ぞ知る料理茶屋で、名物の鯔《ぼら》料理は通人を唸《うな》らせた。

秋口は洲走りの季節だが、もちろん、勘兵衛と銀次は舌鼓を打ちにきたのではない。

女将のおくずは二十九の年増、細腕ひとつで料理茶屋を切り盛りしているという。

縹緻《きりょう》も気っ風も一流、もてなし方も玄人《くろうと》受けする女将なのだと聞いてきたが、吾妻下駄を履かせてみれば化けの皮が剝《は》がれるかもしれない。

勘兵衛は、女将が下駄の持ち主であることを期待しつつも、一方では気後《きおく》れを感じている。

会ったこともない相手を庇《かば》おうとする気持ちがある。

女だからか。それもあった。女が人を殺すには、よほどの事情を抱えているとしかおもえないからだ。

いずれにしろ、心に抱える拠所《よんどころ》ない事情を知らずして、女将を裁くことはできない。

想像したとおり、おくずは渋皮《しぶかわ》の剝《む》けた好《い》い女だった。

肌は白く、糸瓜《へちま》の汁でも塗ったように艶《つや》めいている。

何といっても、切れ長の目がすばらしい。

一目千両と呼ぶに相応《ふさわ》しい黒目がちの瞳に、どことなく憂いを湛えていた。

しっとりした細身の外見からは、出刃庖丁を逆手に握ったすがたなど想像すべくもない。

勘兵衛と銀次は、玄関に近い客間に招かれた。

夕方の忙しい頃合いまでは間があるので、料理茶屋全体が午睡の余韻に浸っているかのようだ。

──ちょんぎーす。

ここでも蟋蟀が鳴いている。

緑茶を運んできた仲居が去ると、女将はおもむろに口をひらいた。

「あの、どのようなご用件でしょう」

発せられたことばの調子も穏やかで、感情の揺らぎは微塵《みじん》もない。

堂々とした風情に、勘兵衛も銀次もたじろぎをおぼえた。

ともかく、おくずに吾妻下駄を履かせてみねばなるまい。

いつもどおり、銀次が口火を切った。

「わかっちゃいるとはおもうが、長尾の旦那がわざわざ足を運ばれたのは御用の筋だ。はなしのめえに、ちょいと見世の提灯をみせてくれ」

「ようござんすよ」

おくずはつっと立ちあがり、たたんだ提灯を携えてきた。

受けとって伸ばしてみると、治平爺の書いた「べ」の字が浮かんでくる。

「まちげえねえ。これと同じ提灯がな、一ツ目橋の汀でみつかった。殺された屍骸の足許に落ちていたんだぜ」

「え、ほんとうですか」

銀次も勘兵衛も、おくずの目をじっとみつめた。

驚いた様子も自然なら、戸惑った顔に不審な点もない。

これが演技なら、相当なものだろう。

勘兵衛は、ずるっと茶を啜《すす》った。

銀次がつづける。

「殺られたな、紺屋の職人さ。ひょっとしたら、女将の知りあいじゃねえかとおもってな」

「それは、どういう意味です」

「深《ふけ》え意味はねえ。ただ、ひとつだけ確かめてえことがある」

銀次に目配せされ、勘兵衛は懐中から吾妻下駄を取りだす。

不思議そうな顔をする女将に向かって、嗄《しわが》れた声を発した。

「すまねえが、こいつを履いてみてくれ」

女将は下駄をちらりと眺め、何食わぬ顔で頷《うなず》いた。

そして、畳に布きれを敷き、手渡された下駄を置く。

一抹の躊躇《ためら》いもみせずに、右足を下駄に突《つ》っこんだ。

勘兵衛はおもわず、片眉を吊りあげた。

「鼻緒がすげてありますね」

おくずは下駄を履いたまま、小首を傾げてみせる。

すげたのは勘兵衛だが、余計なことは口走らない。

「ぴったしじゃねえか」

鬼の首でも獲《と》ったように、銀次が声を裏返らせた。

下駄の主は「甲高の年増」という勘兵衛の推察は、そのまま、おくずに当てはまる。

指図したわけでもないのに右足を突っこんだのも、注目に値した。

おくずに動揺の色はない。

「まさか、わたしがそのお方を殺《あや》めたとでも」

呆《あき》れたように、尋ねてくる。

「そうじゃねえ」

勘兵衛は慌てて応じ、銀次に不思議がられた。

下駄に付いた返り血の件からしても、下駄の主が下手人である公算は大きい。

おくずを番屋に同伴し、口書《くちがき》を取るという手法もあり得る。

ところが、勘兵衛はあっさり退《ひ》きさがった。

「女将、脱いでもいいぜ」

「はい」

勘兵衛は下駄を仕舞い、見世の提灯を拾った。

「女将、この花と葉、判じ物のようだが、何かの符牒かい」

「いいえ、ちがいます。お世話になったお方のお好きなものを並べたんですよ」

「この花、萱草だろう」

「よくおわかりで。たいていのおひとは、百合と仰《おっしゃ》います」

「少々、思い入れがあるもんでな」

「へえ、萱草の花に思い入れがおありとは」

「愛《め》でるだけで憂いを忘れる。そう、教わったことがあってな。それから、好きになっちまったのさ」

「ちょいと気になりますね。旦那のお抱えになったご事情が」

「おれのことなんざ、どうだっていい。どんな人間にも、忘れてえ過去のひとつやふたつはあるってことさ」

「忘れたくても忘れられない過去だってありますよ」

おくずは声を低め、きっと睨《にら》みつける。

一瞬、殺気のようなものが立った。

勘兵衛は目を背け、さりげなく話題を変える。

「この葉、何の葉だい」

「葛ですよ」

「やっぱりそうか。女将が世話になった御仁は、葛が好きだったのかい」

土用の暑気見舞いに贈る吉野葛を連想したが、どうやら、そうではないらしい。

おくずはほっと溜息を漏らし、観念したように語りだす。

「そのお方は、わたしを請けだしてくれた大店《おおだな》のご隠居なんです」

「ふうん。おめえ、廓《くるわ》にいたのか」

「深川ですよ。十九で置屋《おきや》に売られ、三味線の弾き方やら起請文の書き方やらを教えこまれました。五年ほど経って、はじめて旦那が付きましてね。それがご隠居だったんです。ずいぶん可愛《かわい》がってもらい、半年後に身請話を持ちかけられ、妾《めかけ》にしていただきました。置屋にいたころの源氏名が、葛葉《くずのは》だったんですよ」

「なあるほど。ここに描かれた葛の葉は、おめえのことなのか」

隠居は、加賀の金食器を扱う商人だった。

「金器《きんき》は禁忌に通じます。ですから、洒落で『べからず屋』という屋号を付けておられました」

「その屋号を、おめえが継いだわけだな。で、ご隠居は」

「三年前、お亡くなりに」

「そうかい。いやなことを思い出させちまったな」

「いいんです。ご隠居は胸の裡に生きておりますから」

「胸の裡にか」

妾の苦労などおくびにも出さず、おくずはただ、屋号の由来を説いてきかせた。

とりあえず、今日のところは退散するしかあるまい。

勘兵衛は銀次をともない、勝手口から外へ出た。

見送りにきた女将の背後には、若い庖丁人が控えている。

女形のような優男で、名は龍三《りゅうぞう》というらしい。

あきらかに、こちらに敵意を抱いていた。

なにしろ、尋常な目付きではない。

若いだけに、感情をうまく抑えられないのだろう。

女将ともども、心に闇を抱えていると、勘兵衛はおもった。

田圃の一本道を歩きながら、おくずの吐いた台詞《せりふ》を反芻《はんすう》する。

――忘れたくても忘れられない過去だってありますよ。

提灯に描かれた絵柄は「判じ物ではない」と告げられたが、やはり、何かの符牒にしかおもえなかった。

「葛の葉に萱草、忘草にべからず亭」

勘兵衛は呪文のように繰りかえし、ふいに足を止める。

やはり、おくずは何かを隠している。きっと、そうにちがいない。

銀次がこちらの気持ちを察し、それとなく背中に声を掛けてくる。

「あの女将、ちょいと調べてみやしょうか」

「ああ、そうだな」

藍染師が殺された晩の足取りを、押さえておかねばなるまい。

勘兵衛はどんよりとした空を見上げ、長々と溜息を吐いた。

気をつけてはいるのだが、このところ溜息の数は増えるばかりで、すっきりと心の晴れることはない。

「降りみ降らずみ、か」

今にも雨の降りだしそうな空に、哀《かな》しみを秘めた女将の横顔が浮かんでみえた。

五

去年の暮れ、江戸の町が雪にすっぽり埋まったときのこと、神田松枝町は弁慶橋のそばにある京屋という呉服問屋が押しこみにあった。

帳場は荒らされ、蔵も破られたうえに、主人夫婦と幼い娘たち、番頭をはじめとする奉公人数名が惨殺された。残酷な遣《や》り口とはうらはらに、盗人一味は「おたふく小僧」という剽軽《ひょうきん》な名を冠されていたが、それは盗人どものかぶった面に由来する呼称であった。

いまだに、町奉行所は盗人一味に繋《つな》がる端緒すらも摑んでおらず、あとわずかで探索無用を意味する永尋ねに切りかわるであろうとの臆測が囁かれている。

「じつは、茶箱に隠れて命拾いした下女がひとりおりましてね」

鰻《うなぎ》屋の衝立《ついたて》の内で声をひそめるのは、一年と八ヶ月前に義理の息子となった末吉鯉四郎《すえよしこいしろう》である。

鯉四郎の父は勘定方で、金のからむ悪事に連座した廉《かど》で腹を切らされた。直後、母も頓死し、幼い兄たちともども祖母のもとで育てられたが、兄たちもつぎつぎに病死を遂げ、無事に成長できたのは鯉四郎ひとりだった。

そうした生いたちのせいか、けっして明るい性分ではなかったが、綾乃と所帯を持ってからはずいぶんと変わった。心の底から笑うことが多くなり、それなりに貫禄もついてきた。

そもそも、六尺豊かなからだつきにくわえ、鼻筋のとおった見栄えのする面つきである。刀を持たせれば、小野派一刀流免許皆伝の腕前だ。廻り方としての処し方を舅《しゅうと》の勘兵衛に教えこまれているので、中堅の定廻りには希《まれ》な清廉さも兼ねそなえている。

まさに、申し分のない同心ぶりではあったが、貧乏人からは勘兵衛ほどに慕われていない。こればかりは経験がものをいうので、致し方のないところだった。

いずれにしろ、鯉四郎は勘兵衛に輪を掛けた変わり者とみなされている。

なにせ、手柄も出世ものぞまない。袖の下や目こぼし料をいっさい受けとらず、けっして毒水を呑まない。

そうした手合いは、かえって、町奉行所の水に馴染《なじ》まなかった。

賄賂の受けとり方も知らぬようでは、一人前ではない。清廉な役人は融通の利かぬ間抜けとみなされ、仲間外れにされるしかないのだ。

鯉四郎はしかし、上役や同僚にどうおもわれようが、泰然と構えている。

若い頃の自分をみているようで、勘兵衛は目尻をさげた。

口にこそ出さぬが、鯉四郎の誠実さを高く買っている。

それでも、酒を呑んだときなどは、一抹の口惜しさが込みあげてきた。

愛娘の綾乃をくれてやったのだというおもいがからみ酒となり、綾乃にたしなめられたことも一度や二度ではない。

鯉四郎は下戸《げこ》なので、そうした晩はひとりで酒に溺れるしかなかった。

「義父上《ちちうえ》、どうかなされましたか」

「いいや、どうもせぬ。はなしをつづけてくれ」

「は」

ふたりは神田明神下の鰻屋で、膝をつきあわせている。

蒲焼《かばや》きの香ばしい匂いを嗅ぎながら、勘兵衛は冷や酒を舐《な》めた。

「おぬしの言うとおり、京屋の一件では、茶箱に隠れて命拾いした下女がおったらしいな」

「年は十六、おしのという娘です」

凄惨な出来事の直後から、おしのはしばらく声を失っていた。

鯉四郎は銀次から藍染師が殺された一件を聞き、少し引っかかるものがあって、おしののもとを訪ねたのだという。

「半年余り経って、ようやく口が利けるようになりました。そこで、少々酷とはおもいましたが、押しこみのあった晩のことを尋ねてみたのです」

半日近くも粘ったすえに、おしのは根負けし、ぼそぼそ喋ってくれた。

「茶箱の蓋を開けて、盗人どもの様子をみていたというのです」

「ほう。そいつは驚いたな」

「まだ、このことはどなたにも告げておりません。義父上におはなししてからとおもいまして」

「ふむ、ようやった。阿呆な与力どもが闇雲に動いても、下手を打つだけだからな」

頷きもせず、鯉四郎は淡々とつづける。

「盗人は六人だったそうです。柿色装束に身を固め、みな、おたふくの面をかぶっていたので、風貌はわかりません。ただ、三人は腰に大小を差していたと、おしのははっきり申しました」

「浪人者か」

「たぶん」

「ほかの三人は」

「ひとりは肩幅の広いがっしりした男で、ほかの連中を指図していたそうです。十一の丁稚小僧を突き殺せと命じたのも、その男であったとか。おそらく、一味の頭目でしょう」

さらに、ふたり目は雲を衝くような大男だった。張り手一発で、主人を叩《たた》き殺してしまったらしい。

「力士くずれの通り者かもな」

「仰るとおりだとおもいます。されど、何よりも驚いたのは、おしのに三人目の見掛けを聞かされたときでした。何と、そやつは、左右とも蒼い手をしていたというのです」

「ほほう」

勘兵衛は身を乗りだす。

鯉四郎はおしのを訪ねたその足で藍染川に向かい、斜交《はすか》いに架けられた弁慶橋を渡った。すでに、京屋のあった場所は更地と化していたが、何気なく周囲を見渡したところ、一点に目を釘《くぎ》付けにされた。

川を挟んで京屋の正面に、紺屋の暖簾《のれん》が揺れていたのだ。

「藍染めに白抜きで、阿波屋《あわ》とありました」

さっそく訪ねてみると、案の定、卯吉《うきち》という職人が数日前から行方知れずになっていた。

「阿波屋の主人が、そう言ったのか」

「はい」

卯吉は古参の職人ではなく、阿波屋で厄介になりはじめて一年足らずしか経っていなかった。

「一見真面目そうな男だが、ほかの連中と格別に親しいわけでもなく、どこか得体の知れないところがあったとか」

「一ツ目橋の屍骸は、そいつだ。鯉四郎、でかしたぞ」

「卯吉は、おたふく小僧のひとりだった。そういうことになりましょうか」

「なるな。殺されても文句のいえねえ手合いだってことさ」

「おたふく小僧とべからず亭の女将、この両者がどう結びつくのかが鍵になってきましたね」

さまざまな想像を膨《ふく》らませるふたりのもとへ、銀次がやってきた。

「へへ、お揃《そろ》いでやすね。鯉さま、何やらお手柄のご様子」

「よくわかるな」

「お顔をみれば、たいていわかりやす」

鯉四郎がおしのの一件を教えてやると、銀次は唸った。

「なるほど、とんでもねえ悪党どもが絡《から》んできやがったな」

「そっちはどうだった」

勘兵衛は銀次に盃《さかずき》を持たせ、冷や酒を注いでやる。

「おっとっと」

銀次は盃を干し、渋い顔をしてみせる。

「べからず亭の女将は殺しのあった晩、高輪の船宿におりやした。馴染みの金蔓《かねづる》に呼ばれて、朝までしっぽり濡《ぬ》れていたとかいねえとか。どっちにしろ、朝帰えりだったことは確かで、中途で抜けだして一ツ目橋まで行くのは難しかったんじゃねえかと」

「なら、下手人は女将じゃねえってことか」

「そうときまったわけじゃありやせんがね」

勘兵衛はなぜか、ほっと胸を撫《な》でおろす。

その様子を、銀次と鯉四郎は不思議そうにみつめた。

夜になり、予期せぬことが起こった。

ほかでもない、おたふく小僧の一味とおぼしき三人の浪人者が押上《おしあげ》村の荒れ寺に潜んでいるとの訴えがあったのだ。

おたふく小僧には、かなりの懸賞金が懸かっていた。

怪しい連中をみつけたのは夜鷹《よたか》で、本所吉田町の会所を通して訴えがあった。

会所を牛耳る元締めは江戸の闇に精通しており、奉行所としてもなおざりにはできない。

さっそく捕り方を集め、荒れ寺に向かわせねばならなかった。

頭数を揃えるべく、勘兵衛たちにも声が掛かったのである。

六

日没を待って、捕り方は動いた。

本所横川に架かる業平橋《なりひら》を渡ったさき、押上村の田圃のただなかに、鬱蒼《うっそう》とした杉林に囲まれた荒れ寺がある。本尊も盗まれてしまった御堂の扉は破れ、行灯《あんどん》の炎が隙間から漏れていた。

ひっそり閑としたなかに、時折、低い話し声が聞こえてくる。

「あのなかに三人いるのか」

捕り方は暗がりに潜み、息を殺している。

物々しい装束を纏《まと》った小者の数は三十人を超え、三人の悪党に対するには充分な陣容におもわれた。

指揮を任されたのは、松浦左門《まつうらさもん》という本所廻りの与力である。

商人の賄賂で屋敷を建て増すような鼻持ちならない男で、塗りの陣笠を得意気にかぶり、羅紗《らしゃ》の陣羽織まで着込んでいた。横柄《おうへい》な男なので、勘兵衛も鯉四郎も毛嫌いしている。

もちろん、好き嫌いを言っているときではない。

松浦が右腕と頼む宍戸馨之介は、さきほどから手柄をあげようと身構えており、びんぞりの文七は冷笑を浮かべながら先駆けを狙っている。

本所廻りと張りあう気もないので、勘兵衛たちはしんがりに控えた。

闇が静かに動きはじめ、捕り方は徐々に囲いを狭めていった。

月は群雲《むらくも》に隠れ、山狗《やまいぬ》の遠吠《とおぼ》えが聞こえてくる。

ふっと、行灯の炎が消えた。

「それ」

ここぞとばかりに、松浦が怒声を発した。

「ふわあああ」

喊声《かんせい》とともに、捕り方が奔流となって襲いかかる。

異変に気づき、御堂のなかから三つの影が飛びだしてきた。

「出てきたぞ。掛かれい、逃すな」

いずれも悪相の痩《や》せ浪人どもは、すでに本身を抜いている。

群雲の切れ間に月が顔をみせると、白刃は妖しげに光った。

「糞役人ども、掛かってこい」

三人は捕り方と斬り結ぶ覚悟をきめ、殺気を漲《みなぎ》らせている。

こうなると、容易なことでは収まらない。

「神妙にいたせ」

松浦が後方から、虚《むな》しいことばを投げかけた。

「おぬしら三人、おたふく小僧の一味であることはわかっておる。縛につけ」

捕まれば、磔《はりつけ》獄門が待っている。素直にしたがう間抜けはいない。

「ぬりゃお」

浪人のひとりが鬼の形相で斬りかかり、小者の胸をばすっと斬った。

「ひっ」

小者は血飛沫とともに転がり、周囲の混乱を誘う。

「ふはは、ひとり残らず血祭りにあげてくれるわ」

三人が三方へ散り、白刃を縦横に振りまわす。

小者たちはおいそれと近づけず、遠巻きにして長い棒で突っつく程度のことしかできない。

「ええい、何をしておる。十手持ちの根性をみせろ」

松浦が声を嗄《か》らしても、及び腰の連中は逃げまわっている。

背中や尻を斬られる者が続出し、御堂の周囲は怪我《けが》をした小者たちの呻《うめ》きで埋めつくされた。

「手強《てごわ》いな」

勘兵衛もこぼすとおり、三十人でも足りないほどだ。

なかでも、蟷螂《かまきり》顔の男は居合の達人らしく、うっかり近づけなかった。

が、時の経過とともに、さすがに三人も疲労の色を濃くしていった。

ついに、ひとりが突棒で頭を叩かれ、がっくり膝を屈したのだ。

「それ、今だ」

「梯子《はしご》、梯子」

誰かの掛け声に応じ、四方から梯子が突きだされた。

浪人は押し倒され、甲羅を割られた亀のように動かなくなった。

残りのふたりも次第に追いつめられていったが、剣戟《けんげき》をやめる気配はない。

ざんばら髪になり、からだじゅうに傷を負っても、なお、死の淵に向かって突きすすんでいく。

その形相は鬼のようでもあり、亡者のようでもあった。

捕り方も数を半減され、疲労の色をみせている。

後方に構える松浦は業を煮やし、子飼いの宍戸を呼びつけた。

「切り捨てても構わぬ。おぬしが何とかせい」

「は、おまかせあれい」

宍戸は襷《たすき》掛け姿で前面に躍りだし、手負いの浪人と対峙《たいじ》する。

常から腕前を自慢しているだけあって、腰の据わった構えだ。

「覚悟せい」

しかし、相手のほうが一枚上手だった。

敏捷《びんしょう》な動きで初太刀を躱《かわ》され、すかさず胴を抜かれた。

「うぃっ」

じゃりっという音が響き、宍戸はもんどりうつ。

「旦那」

かたわらの文七が叫んだ。

叫びながらも、横飛びに逃げていく。

宍戸はとみれば、苦しそうに呻いていた。死んではいない。

鎖帷子《くさりかたびら》を着けていたおかげで、深手を負わずに済んだらしい。

浪人は勢いに任せて捕り方の網を逃れ、血路を開こうとした。

「ぬりゃ」

野獣のように前歯を剝き、刃こぼれの目立つ本身を振りまわす。

小者たちは恐怖にかられ、波が割れるように逃げていった。

浪人は囲みを破り、松浦の面前に躍りでた。

「うわっ、誰か、誰かおらぬか」

狼狽えて叫んでも、助っ人はいない。

小者たちは後退《あとずさ》り、与力に下駄を預ける。

「くっ、詮方あるまい」

松浦は抜刀した。

腰がふらつき、立っているのもやっとだ。

「ありゃ、だめだな」

勘兵衛はつぶやき、鯉四郎の背中を押した。

「助けてやれ」

「は」

鯉四郎はことさらゆっくり歩みより、松浦を背に庇った。

「お、末吉鯉四郎か」

得たりとばかりに、松浦は唾《つば》を飛ばした。

「末吉、頼むぞ。悪党を成敗《せいばい》いたせ」

鯉四郎は返事もしない。

ほざけ、阿呆。

胸の裡で悪態を吐いた。

火盗改《かとうあらため》のように、切り捨て御免の権限を許されているわけではない。出役《でやく》の際は相手がいかに兇悪《きょうあく》な連中でも、殺さずに生け捕りにしなければならなかった。

生け捕りは、切り捨てよりも数段難しい。

鯉四郎は二尺五寸の本身を鞘《さや》走らせ、右八相に構えた。

「ふん、でかぶつめ」

浪人は青眼に構え、低い姿勢のまま突きかかってくる。

「つおっ」

白刃の先端が伸び、尖《とが》った咽喉仏《のどぼとけ》を襲った。

「なんの」

鯉四郎は本身を振りおとし、相手の白刃を叩きつける。

熾烈《しれつ》な火花が浪人の目を射貫いた。

「ぬおっ」

すかさず、鯉四郎の一撃が相手の首を落とす。

やにみえたとき、白刃がくるっと峰に返された。

「きょっ」

浪人は首筋を叩かれ、白目を剝いた。

石仏のように固まり、顔から地べたに落ちていく。

「あっぱれ。ようやった」

松浦は納刀し、懸命に手を叩いた。

「ふん、猿といっしょじゃねえか」

銀次が、ぼそっとこぼす。

手負いの宍戸と文七が、向こうで歯軋《はぎし》りをしていた。

「ざまあみろ」

と、銀次が吐きすてる。

つぎの瞬間、勘兵衛と鯉四郎は顔を曇らせた。

「ひとり逃げたぞ」

藪《やぶ》の手前で、小者が叫んでいる。

逃した三人目の浪人は、蟷螂顔の居合の遣い手だった。

七

雨が降りそうで降らぬ。

今日も、どんよりとした一日だった。

「煮しめ、煮しめ」

振り売りの声が、辻裏から聞こえてくる。

いつもならば夕餉《ゆうげ》の総菜をみつくろって帰るところだが、勘兵衛は久方ぶりに、霊岸島の新堀川にある「浮瀬《うかむせ》」へ足を向けた。

大捕り物にかかわったせいか、無性に酒が呑みたくなった。

できれば、おふうと差しむかいで飲《や》りたいが、おふうはもうこの世にいない。

二年前の夏、小悪党に刺されて死んだ。

「惚れているのだ。いっしょになろう」

そうやって恋情《おもい》をことばにして伝えることもできず、逝かせてしまったが、勘兵衛はおふうの亡骸《なきがら》に白無垢を着せ、八丁堀の自邸で通夜をとりおこなった。

おふうは死んで花嫁となり、長尾家に迎えられたのである。

その年の霜月《しもつき》、一人娘の綾乃が鯉四郎のもとへ嫁いでいった。老いた祖母も暮らす末吉家は同じ八丁堀の内とはいえ、綾乃は彼岸の彼方《かなた》にでもいってしまったような気がしてならなかった。

ひとりぽつんと残され、どうしようもない淋しさを託《かこ》っていた冬のある日、静がひょっこり帰ってきた。

むかしの記憶を失っていたが、自分の帰るべき家だけは憶《おぼ》えてくれていたらしい。

それから一年半、静との暮らしをつづけるなか、浮瀬を訪ねる機会もめっきり減っていた。

もちろん、おふうの思い出が薄らいだわけではない。

静が帰ってきたことで、かえって鮮明になり、ともすれば、ふたりの顔が重なってみえることもあった。

勘兵衛がこれまでに惚れた女は、静とおふうのふたりだけだ。

静は夫婦になって一年で去り、おふうは天国へ逝ってから夫婦になった。

おそらく、二度とほかの女に惚れることはあるまい。

それでいいと、勘兵衛はおもう。

「おふうよ。おまえさえいてくれれば、気の利いた慰めのひとつも言ってくれるだろうにな」

浮瀬という見世の名は、勘兵衛が付けた。

一身を擲《なげう》つ覚悟がなければ何事も成就しない。酔った勢いで「身を捨ててこそ浮かむ瀬もあれ」と、同心魂を披露したところ、おふうの琴線に触れた。

おふうは庖丁人の亭主に死なれ、見世をつづけるかどうか迷っていた。

あれから十年、女将がいなくなったにもかかわらず、浮瀬はまだつづいている。

おふうの「死ぬまで見世をつづけたい」という遺志を継ぎ、おこまという娘が女将を引きうけてくれたのだ。亭主の雁次郎《がんじろう》ともども見世を切り盛りし、けっこう繁盛していると聞いている。

おこまと雁次郎にも、他人に言えない事情があった。

おこまは京島原の遊郭を足抜けした遊女、一方、雁次郎は吉原の四郎兵衛会所に雇われた元鉄棒引《かなぼうびき》だった。

鉄棒引とは、火の用心を呼びかける夜廻りのことだ。揃いの仕着せを纏い、厳《いか》めしげに鉄棒を携え、たいていは屈強な男が選ばれた。雁次郎もそうした鉄棒引であったが、俠《おとこ》気《ぎ》から遊女の足抜けを助け、罪をかぶって凄惨な制裁を受けた。会所の連中に、右目と右腕を奪われたのだ。

隻腕《せきわん》隻眼となって、投げこみ寺の土手の道哲《どうてつ》こと西方寺《さいほうじ》に拾われ、墓守《はかもり》になった。

そこで、おこまと出遭った。

おこまは生きることに絶望し、死のうと決めて墓地にあらわれ、雁次郎に救われたのである。

勘兵衛はおこまの請人《うけにん》となり、おふうのもとで働かせることにした。

おふうとおこまは、ほんとうの姉妹のように仲良くなった。

やがて、おこまと雁次郎は夫婦になった。

ふたりは出遭うべくして出遭ったのだと、勘兵衛はおもう。

ささやかなお披露目がおこなわれ、勘兵衛とおふうは見届人となり、馴染み客たちも心の底から祝福を送った。

そうしたやさき、悲劇は起こった。

今でも、おふうの死が信じられない。

浮瀬の暖簾をじっとみつめ、勘兵衛は入ろうか入るまいか躊躇《ちゅうちょ》していた。

やめとこう。

踵を返しかけたところへ、おこまが顔を出した。

「あら、旦那」

会ったばかりのころは十六の小娘も、二十歳を超えて色気を増した。顔もからだつきも丸味を帯びてきたが、京訛《なま》りだけは抜けきれない。

「そないなところで何をしてはりますの。ささ、入っておくれやす」

おこまに促され、なかに踏みこむ。

日没前のせいか、客は少ない。

板場では雁次郎が、左手一本で器用に魚をさばいている。

「おまえさん、うぽっぽの旦那がいらしてくれはったよ」

おこまが声を弾ませると、雁次郎は庖丁を置き、表まで出てきてお辞儀をした。

「旦那、ごぶさたしておりやす」

「おう、元気そうじゃねえか」

「おかげさんで」

「道哲の墓守はまだやってんのか」

「へい、あいかわらず掛けもちで」

「そうか。まだやってんのか」

「さ、こちらへ」

勘兵衛は馴染んだ空樽に座り、壁に掛かった熊手をみつめた。

「差しむかいのそのお席、どないに混んでも空けておくんどす。お姉はんのお言いつけやから」

おこまは淋しげに微笑み、酌をしてくれた。

はんなりとした物言いに、疲れた心が癒される。

「ここは旦那のお見世どす。お姉はんの代わりはできまへんけど、たまにはお顔を」

そう言ったきり、おこまはことばに詰まってしまう。

板場に戻った雁次郎は、黙々と魚をさばいていた。

勘兵衛は、微笑仏のように微笑んだ。

「おこま、おめえが泣いてどうする」

「へ、へえ」

「それより、子はまだか」

不躾《ぶしつけ》な問いかけに、おこまは顔を赤らめた。

どうやら、まだらしい。

ふたりに早く子ができるようにと、勘兵衛は祈った。

子といえば、楽しみがひとつある。

綾乃に子ができたのだ。

会うたびに、腹は膨らんでいく。

あと三月《みつき》もすれば、初孫を抱くことができるだろう。

名実とも爺になり、心置きなく隠居する。それが今のささやかな夢だ。

静も初孫を抱けば、かつての元気を取りもどしてくれるかもしれない。

その日が無事におとずれることを、勘兵衛は祈らずにいられなかった。

「ご心配にはおよびませんよ」

ふと、誰かが囁きかけてくる。

「おふうか」

顔をあげれば、おふうが目のまえに立っていた。

色白でふっくらしており、長い睫毛《まつげ》を瞬く様子に何ともいえない色気がある。

「うふふ。旦那、驚いた顔して、どうしなすったの。鬱《ふさ》ぎこんじゃって、旦那らしくもないですよ。さ、おひとつ」

おふうに諸白《もろはく》を注いでもらい、勘兵衛は盃を呷《あお》った。

「う、美味え」

「あいかわらず、見事な呑みっぷり。だから、旦那が好きなのさ」

おふうは胸を張り、朗らかに笑う。

「奴《やっこ》ですね、紫蘇《しそ》の葉をぱらっと掛けたやつ」

「それそれ、醬油《しょうゆ》をたらっとな」

「谷中の葉付生姜《しょうが》もいかが。ぴりりと辛い、夏の名残りのお味ですよ」

「貰《もら》おう」

「さ、どうぞ」

生姜を齧《かじ》っていると、白魚のような手が差しのべられる。

「旦那、ささ、もひとつ」

「おう」

勘兵衛は、嬉《うれ》しくなってきた。

浮瀬に足を運べば、こうして、おふうに逢《あ》える。

幽霊でも何でもいい。ともかく、この席に座って酒に酔えば、おふうに逢えるのだとおもうと、救われた気分になった。

それにしても、疲れているせいだろうか。不思議なこともあるものだ。

いつまでも浸っていたい気分だったが、楽しみは長くつづかない。

暖簾が分けられ、馴染んだ男の顔が飛びこんできた。

「旦那」

「お、銀次か」

「へい。おたふく小僧のひとりが、みつかりやした」

「何だと」

「訴人でやす。訴えたな、本所の夜鷹屋だ」

「またか」

目のまえには、不安げなおこまの顔がある。

うつつに引きもどされた途端、上等な酒がえらく不味《まず》いものに感じられた。

八

訴えられた悪党は、荒れ寺で取り逃がした蟷螂顔の浪人者ではない。

京屋の下女が「雲を衝くような大男」と漏らした相手だった。

「通り名は錦山《にしきやま》、旦那の仰ったとおり、大名お抱えの力士でやした」

四股名《しこな》をそのまま名乗り、鉄火場の用心棒をしているという。

勘兵衛と銀次が向かったさきは、高輪にある土岐家の下屋敷だった。

中間《ちゆうげん》部屋では夜な夜な丁半博打《ばくち》が開帳され、錦山は品川宿に根を張る地廻りの胴元に雇われている。

　ふたりは寺町を抜け、昼なお暗い幽霊坂を登っていった。

　高台に建つ下屋敷の脇にまわれば、翳《かげ》りゆく海原をのぞむことができる。

「銀次、日が落ちるのがやけに早くなったな」

「もうすぐ、盆でやすからね」

「ぼんぼんぼんは今日明日ばかり、明日は嫁の萎《しお》れ草、か」

　盆歌を口ずさみつつ、藪陰に潜んでみると、先客があった。

　傷の癒えた宍戸馨之介と、びんぞりの文七である。

　本所廻りの縄張りではないが、先日の雪辱を晴らすべく、押っ取り刀でおもむいてきたらしい。

「よう、怪我の塩梅《あんばい》はどうだ」

　勘兵衛が気軽に声を掛けると、宍戸は横を向いて唾を吐いた。

「うぽっぽ、図に乗るんじゃねえぞ。こねえだは運がなかっただけのことだ。てめえはすっこんでろ。錦山の始末は、この宍戸馨之介がつけてやる」

　恥の上塗りにならねばよいがとおもいつつも、黙っておいてやった。

「錦山はな、丈で七尺、重さで三十貫目はある化け物らしいぜ」

宍戸が、わずかに声を震わす。

強がりを吐きながらも、脅えているのだ。

勘兵衛は聞いた。

「化け物を捕まえるにしちゃ、頭数が足りなくねえか」

物々しい装束の小者たちが控えてはいるものの、荒れ寺のときよりもあきらかに少人数で、指揮を執《と》る陣笠与力のすがたもない。

「譲りあったあげく、与力は誰も来やがらねえのさ」

宍戸は勘兵衛を睨み、悪態を吐いた。

「荒れ寺の一件で、松浦さまは大目玉を食らった。あれだけの人数を掛けておいて、ひとり逃がしちまったからな。今宵《こよい》の出役は、あのときよりも面倒だ。なにしろ、町方が大名屋敷に踏みこむわけにゃいかねえ。しくじる公算は大きいと踏み、与力連中は腰をあげたがらねえのさ」

「なるほど」

「ふん、来ねえもんは仕方ねえ。かえって、せいせいするぜ。ともかくな、おれさまが手柄を立ててやる」

手柄を立てようにも、錦山が外に出てくるのを今は待つしかない。

じりじりとした刻が経ち、町木戸の閉まる亥《い》ノ刻も過ぎた。

小者たちのほとんどは、居眠りをしている。

と、そのとき。

ぎっと、裏木戸が開いた。

漬けもの石のような禿頭が突きだされ、七尺の巨漢がすがたをみせる。

錦山だ。

背丈が胸までしかない折助《おりすけ》に提灯を持たせ、裾を左右に分けるや、側溝に向けて放尿しはじめる。

「今だ」

宍戸が叫び、抜刀しながら躍りだす。

文七も十手を掲げ、駆けだした。

小者たちもつづき、勘兵衛と銀次も従った。

「うえっ、な、何でえ」

折助が提灯を抛《ほう》り、独楽鼠《こまねずみ》のように逃げだす。

錦山は小便を威勢良く弾きながら、野太い首を捻《ね》じまげた。

「邪魔するんじゃねえ」

地の底から響いてくるような声だ。

「神妙にしゃがれ」

宍戸は大胆にも間合いを詰め、中段から突きかかった。

的は遥かに大きい。

眼前に山が聳《そび》えているようなものだ。

しかし、宍戸は怯《ひる》まなかった。

「ぬおっ」

気合いを込め、鋭利な切っ先を突きあげた。

その瞬間、雲の裂け目から月が顔をのぞかせた。

肉の盛りあがった分厚い胸に、宍戸の白刃が刺さっている。

ところが、錦山は薄く笑ってみせた。

「痛くも痒《かゆ》くもねえぜ」

馬なみのいちもつを握り、宍戸の顔に小便を浴びせかける。

「うわっぷ、何をする」

憐《あわ》れな本所廻りは顎《あご》を突きだし、小便まみれの顔で叫ぶ。

刹那、丸太のような腕が唸りをあげた。

「ぐほっ」

石の拳に顎を砕かれ、宍戸は一間余りも吹っ飛んだ。

文七が背後から、破れかぶれに十手を叩きつける。

「しゃらくせえ」

錦山は不敵に笑い、剛毛の生えた臑《すね》をぶんまわした。

文七は呆気なく蹴倒され、側溝に落ちていく。

「ふおおお」

錦山は雄叫《おたけ》びをあげ、その場で四股を踏みはじめた。

小者たちは地響きに腰を抜かし、恐怖で足が動かない。

「しょうがねえな」

勘兵衛は舌打ちし、背帯から朱房の十手を抜いた。

化け物の鼻先まで近づき、飄然と身構える。

錦山は首を傾げた。

「何だ、おめえは」

「南町のうぽっぽだ」

「うぽっぽだと。気が抜けるぜ」

誰がみても、撫で肩で小太りの臨時廻りに勝ち目はない。

錦山自身も、そうおもったにちがいない。

「老いぼれめ、死にてえのか」

吐きすてるや、腰をぐっと落とす。

「八卦《はっけ》よおい」

みずから仕切りの掛け声を入れ、猛然と土を蹴った。

と、そのとき。

——ひゅん。

礫《つぶて》がひとつ、闇を裂いた。

抛ったのは、すっぽんの銀次だ。

「ぬおっ」

礫は右目に当たり、化け物は驚いた拍子に仰《の》けぞった。

勘兵衛は間隙を逃さず、つつっと身を寄せる。

錦山の脇を擦《す》りぬけ、背後にまわりこむや、股間を十手で突きあげた。

「ぬひぇっ」

睾丸《こうがん》の潰《つぶ》れた音が聞こえる。

強烈な痛みが脳天を刺しつらぬいたにちがいない。
錦山は苦悶の顔で蹲《うずくま》り、地べたを転げまわった。
「梯子だ、梯子」
勘兵衛が指示を飛ばす。
小者たちは我に返った。
そこからさきは、熊狩りの顚末《てんまつ》でもみているようだった。
手負いの錦山は抗《あらが》おうとしたものの、しばらくすると荒い息を吐きはじめた。
「悪党め」
勘兵衛は大股で歩みより、十手を高々と掲げるや、無造作《むぞうさ》に振りおろす。
――ぼこっ。
鈍い音とともに、錦山の眉間が割れた。
真っ赤な血が、びゅっと噴きでてくる。
化け物は白目を剝き、ぴくりとも動かなくなった。
「心配えするな。死んじゃいねえ。今のうちに手足を縛りつけろ」
老練な臨時廻りの指図は的確だ。
もっとも、手柄は宍戸に譲ってやる気でいる。

どうせ、朋輩を見殺しにしただの、美味しいところだけ持っていっただのと、ごねるにきまっていた。揉《も》めるのも莫迦らしいし、面倒くさい。

これまでも、ほかの連中に手柄を譲ってきた。そのおかげで出世を遂げた者も何人かあったが、感謝されたためしはない。ひとの記憶とは便利なもので、都合のわるいことは忘れてしまうようにできているらしい。

「こいつ、それにしても、でけえな」

錦山を小伝馬町の牢屋敷まで運ぶには、ふたまわりは大きい畚《もっこ》がいる。

「やれやれだぜ」

勘兵衛は、深い溜息を吐いた。

九

数日後、南品川の鈴ヶ森において、おたふく小僧三名の磔がおこなわれた。

下々に教訓をしめす狙いから、お上による磔刑《たっけい》の通達は裏長屋の隅々にいたるまで徹底された。幼子から老人まで大勢の見物人が押しよせ、竹矢来に囲まれた一本松の刑場を固《かた》唾《ず》を呑んで見守ったのである。

風は強く、牙のような白波が海原に立っていた。

陰鬱な曇り空は、磔刑をおこなうのに相応しい。

錦山たち三人は三尺高い栂《つが》の柱に大の字で縛りつけられ、地獄へ堕《お》とされる瞬間を待っている。

竹矢来のなかには検使与力をはじめ八人の同心が控えていたが、勘兵衛と鯉四郎は係を外れていた。柵の外から、見物人といっしょに悪人どもの面を眺めている。

「鯉四郎、あれをみな。ふてぶてしい面構えじゃねえか」

「そうですね。聞くところによれば、三人とも厳しい牢問いに耐え、ついに頭目の素性を吐かなかったとか」

「盗人にも矜持《きょうじ》はあるってことか。でもな、連中は頭目の素顔をほんとうに知らねえらしいぜ」

頭目は、いくつもの顔を持つ男のようだった。名はわからず、容貌の特徴も判然とせず、肩幅のがっしりした五十絡みの男であるということ以外に、三人から得られたはなしはない。

一方、荒れ寺で逃した浪人の素性はわかった。

「姓名は桑山兵庫《くわやまひょうご》、播州浪人で水鷗《すいおう》流の居合を使うとか」

「水鷗流か。なかなか、手強い相手だな」

「承知しております」

桑山は一味の副頭目で、頭目との連絡役《つなぎ》も負っていた。

「さて、そろそろだな」

見懲らしの刑は、磔に極まるという。

あまりにも凄惨すぎて、何度観ても嫌なものだ。

だが、勘兵衛は自分の関わった罪人の最期は、できるだけ見届けるように心懸けていた。どのような悪党でも、情けの欠片《かけら》を携えている。そう信じ、いつのころからか、罪人の死に様を目に焼きつけておきたいとおもうようになった。

「突けい」

役人が大音声を発する。

磔にされた三人は、大身槍《やり》で左右から腋《わき》の下を突かれた。

心ノ臓を串刺しにした槍の穂先が、背中から一尺余りも飛びだす。

穂先を抜いた瞬間、夥しい血飛沫が迸《ほとばし》り、悪党どもはかくんと項垂《うなだ》れた。

巨漢の錦山であっても、ひとたまりもない。

毎度のことだが、終わってしまえば呆気なかった。

まるで、宮地芝居のひと幕を観終わったかのようだ。
見物人たちは竹矢来から離れ、黙々と家路をたどりはじめる。
勘兵衛は群衆のなかに、どこかで目にしたことのある顔をみつけた。
尋常ならざる三白眼の眼差《まなざ》しには、あきらかに、みおぼえがある。
「あっ」
べからず亭の若い庖丁人だ。
名はたしか、龍三といったか。
女将のおくずは、そばにいない。
龍三は向島から、ひとりで磔を見物しにきたようだった。
勘兵衛は声を掛けそびれ、背中を見失わないように追いかけた。
「義父上、お待ちくだされ」
鯉四郎も従《つ》いてくる。
勘兵衛は龍三を捕まえ、わざわざ足を運んだ理由を糺《ただ》そうとおもった。
考えてみれば、妙なはなしだ。
処刑された者たちはみな、夜鷹によって居所を訴えられた。
短いあいだに、盗人一味の半分までがみつかったのだ。

勘兵衛は、偶然でないものを感じていた。

藍染師の卯吉殺しと同様、盗人三人の処刑にも、べからず亭の女将が関わっているのかもしれない。

もちろん、臆測の域を出ないものの、若い庖丁人が事情の一端を知っているのではないかという予感がはたらいた。

龍三は東海道の道筋に出ると、足早に品川の南北本宿を通りぬけ、洲崎弁天を右手に眺めながら歩行新宿《かちしんじゅく》までたどりついた。

向島まで帰るとなれば、三里の道を歩かねばならない。

健脚自慢の勘兵衛も、さすがに「厄介だな」とこぼした。

どこかで船を使うはずだと期待しながら縄手を追っていくと、海寄りに高輪の船宿が何軒もみえてきた。

龍三はひょいと曲がり、船宿のひとつに消えていく。

暖簾に書かれた「さがみ」という屋号を眺め、勘兵衛はぴんときた。

「なるほど、ここか」

鯉四郎が口を尖らす。

「こことは、何です」

「藍染師が殺された晩、べからず亭の女将が金蔓と逢っていた船宿だ」

歩けば三里の長さも、船便を使えば遥かに短縮できる。

「ちょいと用事を済ませて戻ってくるくれえは、できるかもな」

「もしや、用事というのは」

「殺しだよ。女将は卯吉に恨みがあった。だから、殺したのさ」

「どうして、そうおもわれるのです」

「提灯の絵柄だ。萱草と葛の葉の意味が、はらりと解けやがった」

「教えてください」

「まあ、そう焦るな。よいか、葛の葉は色の薄い裏葉をみせる。裏見は恨みに通じ、葛の葉と言えば怨恨の情をしめす。萱草の別称は忘草だからな、ふたつ繋げりゃ、恨みを忘れる、となる。それに、べからず亭の屋号が付き、恨み忘るるべからずとなるのさ」

「恨み忘るるべからず」

「そいつはきっと、女将の心情だ。おくずって女の事情を、じっくり調べてみなくちゃならねえ」

「かしこまりました」

「待て。おめえにゃ荷が重い。銀次にも手伝ってもらえ」

「はい」

そうした会話を交わしていると、船宿のほうから女の悲鳴が聞こえてきた。

「ひゃあああ」

戸板を引きあけ、女将とおぼしき大年増が飛びだしてくる。

背後から、血だらけの龍三があらわれ、さらに、その背後から、白刃を掲げた五分月代《さかやき》の浪人が追いすがってきた。

蟷螂に似た顔には、見覚えがある。

荒れ寺で逃した浪人、桑山兵庫にまちがいない。

「あの野郎」

勘兵衛と鯉四郎は、脱兎《だっと》のごとく駆けだした。

桑山はこちらに気づき、刀を鞘に納めて船宿の内に消える。

どぼんという音とともに、水飛沫があがった。

桑山が褌《ふんどし》一丁になり、海へ逃れたのだ。

勘兵衛は龍三を抱きおこし、手早く金瘡を調べた。

袈裟懸《けさが》けに斬られてはいるものの、致命傷ではない。

止血さえできれば、命は取りとめるはずだった。

「おい、しっかりせい」

布を裂き、胸全体をきつく縛りつける。

「うっ、うう」

龍三は呻いたが、意識は朦朧《もうろう》としたままだ。

「賊を逃しました」

鯉四郎が戻り、口惜しげに吐きすてる。

「詮方あるまい」

勘兵衛は、じっくり頷いた。

もはや、敵も勘づいている。

いずれにしろ、一連の出来事にべからず亭の女将が関わっていることは、これで明白になった。

十

龍三を船に乗せ、八丁堀は亀島町の舟寄せまで一気に進んだ。

陸《おか》にあがってからは戸板に乗せ、小者に手伝わせて自邸へ運ぶ。

運良く、表店の看立所には仁徳がおり、沢庵《たくあん》で焼酎を喰《くら》っていた。

仁徳は龍三の金瘡をみるや、口にふくんだ焼酎を吹きかけ、ぱっくりひらいた傷口を器用に縫合してみせた。

荒療治の痛みに耐えかね、龍三は気を失ってしまった。

静は綾乃に預けてあるので、家には居ない。

向島の女将を呼びよせるべく、鯉四郎も中途で消えた。

看立所には、くたびれた十手持ちと、皮肉屋の老いぼれ医者がいるだけだ。

「深手は深手だが、死ぬことはねえだろう。おめえの止血が役に立ったぜ」

「おかげで助かりました」

「斬った野郎は、そうとうな遣い手だな」

「わかりますか」

「ちっ、わしが誰だとおもっていやがる」

町奉行所の連中が一目置く検屍医でもあった。調べたほとけの数は百や二百ではきかない。

「みてみな。これだけ長え金瘡にもかかわらず、深さは一寸たりとも違っちゃいねえ。こいつは、生かそうとしたとしかおもえねえな。どうなんでえ、うぽっぽ。心当たりはねえ

れない。

あるにはあった。敵は龍三を死なせぬ程度に生かし、何かを聞きだそうとしたのかもし

のか」

「深え事情がありそうだな」

仁徳は真っ白な鯰髭《なまずひげ》をしごき、薄い色の瞳を向けてくる。

鼠無地木綿の腹掛けには返り血が撥《は》ねており、藍染師の血で染められた萱草の花弁を思い起こさせた。

勘兵衛が一連の出来事を語ってきかせると、仁徳はふんと鼻を鳴らす。

「ああだこうだと考えるまでもねえ。藍染師を殺ったな、べからず亭の女将にきまってんだろうが」

気の短い仁徳は、途中を省いてすぐに答を言いたがる。

当たっていることが多いので、地道に証拠を積みあげる性分の勘兵衛としては、じつに厄介な相手だった。

「訴人をやった夜鷹も、女将じゃねえのか。おめえが言うとおり、盗人一味に恨みがあったのさ。積年の恨みを晴らすべく、ひとりずつ狩りだしてやがるんだ」

勘兵衛の描く筋書きと大差ないが、裏を取るにはどうしても女将の口書が要る。

「吊《つる》しあげりゃいいじゃねえか。できねえのか。ふん、おめえは女に甘《あめ》えからな。女房に逃げられたのも、その甘っちょろい性分のせいだ」

「何だと、この」

「おっと、怒りやがった。微笑仏の旦那が聞いてあきれらあ。この際、言っとくがな、静がどうなろうと、面倒はみねえぞ。あいつはこの家を捨てた。二十年も経って、のこのこ帰えってきやがって。むかしを思い出せねえからといって、これっぽっちも同情なんかしねえぞ。憐れみも抱かねえかんな。この二十数年、静が他所でどんなに辛《つら》い体験をしてきたかなんてことは、どうだっていい。おれはな、あいつが赤子の綾乃を捨てたことが、どうしても許せねえんだ」

「あんたに許してもらう気はないさ。金輪際、静の名は吐かないでくれ」

「のぞむところだ」

険悪な空気が流れたところへ、鯉四郎が駆けこんできた。

「義父上、もうすぐ、駕籠《かご》が着きます」

「お、そうか」

土埃《つちぼこり》とともに、表口に早駕籠が到着した。

蒼褪《あおざ》めた顔のおくずが転げおち、地べたに這《は》いつくばる。

駕籠に激しく揺られてきたせいで、立つこともままならない。

「おい、大丈夫か」

勘兵衛が助けおこす様子を、仁徳は冷めた目でみつめた。

「けっ、色っぽい女将じゃねえか」

おくずは鯉四郎の汲《く》んできた水を呑みほし、ふらつく腰つきで立ちあがるや、看立台のそばへ近づいていく。

「龍三、龍三」

必死に名を呼びながら、寝かされた庖丁人の肩を揺さぶろうとした。

狼狽えた様子が尋常ではない。ただの雇い主と奉公人の関わりではなさそうだ。

「おい、揺するんじゃねえ。せっかく縫った傷口がひらいちまうじゃねえか」

仁徳に諭《さと》され、おくずは正気に戻った。

「先生、龍三はどうなんです」

「心配えするな。命に別状はねえ」

「そ、そうですか」

おくずはがっくり膝を落とし、土間に両手をついた。

「みなさま、龍三をお助けいただき、ありがとうございます。このご恩は、生涯忘れません」

勘兵衛は歩みより、おくずのそばに屈みこむ。

「女将、礼なんざいらねえ。それより、深え事情があんだろう。そいつを、はなしちゃくれねえか」

おくずは、かぶりを振った。

「ご勘弁を、ご勘弁を」

と繰りかえし、土間に額を擦りつける。

「今はどうあっても、はなせねえと言うんだな」

優しげに語りかけると、おくずは顔をあげた。

擦りむいた額のまんなかに、血が滲《にじ》んでいる。

「かならず、近いうちにかならず……何もかも、おはなし申しあげます。それまでは、なにとぞご勘弁を」

必死の懇願に折れ、勘兵衛は重い溜息を吐く。

「うぽっぽ、おめえってやつは、綿飴《わたあめ》みてえに甘え野郎だな」

仁徳は呆れかえり、部屋から出ていってしまった。

十一

おくずは動けるようになった龍三を連れ、向島に帰っていった。

その日から、勘兵衛たちは交替で張りこみをはじめた。

べからず亭を張っていれば、かならず、おたふく小僧の頭目があらわれると踏んだからだ。

「敵は女将を疑っている。きっと、あらわれるにちげえねえ」

それがおくずの狙いでもあると、勘兵衛は考えはじめていた。

おくずは、頭目の正体を知らない。ならば、身を危険に晒《さら》してでも誘いこむ以外に方法はなかろう。

藍染師の屍骸のそばに吾妻下駄と破れ提灯が残されてあったのも、考えてみれば妙なはなしだ。しかし、おくずがわざわざ自分に繋がる端緒を残しておいたと想定すれば、説明もつく。

おくずは藍染師の卯吉を誑《たら》しこみ、頭目を除く盗人一味の素性と居所を聞きだした。そもそも、卯吉をどうやって捜しだしたのかはわからない。蒼い手がきっかけになったのかもしれなかった。仁徳が言ったとおり、おくずは夜鷹に化け、本所吉田町の会所を通じて訴人をやったにちがいない。そして、錦山や浪人どもを地獄へ堕としたのだ。

「残るはふたり」

おくずもきっと、そうつぶやいていることだろう。

勘兵衛は張りこみを銀次に任せ、鯉四郎ともども、数寄屋橋《すきやばし》にある南町奉行所の黴《かび》臭い書庫におもむいた。

奉行所にはいくつか書庫がある。そのうちのひとつには「蓑虫《みのむし》」と呼ばれる生き字引がおり、昔馴染みの勘兵衛ならば何でも教えてくれるはずだが、このたびの一件に関しては、自分の指で古い帳面を捲《めく》らねばならないとおもっていた。

勘兵衛は、こうとおもったら何日でも粘る。

寝食も忘れて、書庫に籠《こも》るのを厭《いと》わない。

ふたりは調べ机に遡ること二十年ぶんに渡る永尋ねの綴《つづ》りを積みあげ、朝から晩まで丁《ちょう》を捲りつづけた。京屋の一件に似た凄惨な手口の押しこみがなかったどうか、丹念に調べていったのである。

「お、これだ」

勘兵衛が嗄れた声を発したのは、調べはじめて二日目の夕刻だった。

唾で湿らせた指の腹はふやけ、肩も背中も凝りかたまっていたが、ときを費やしただけの甲斐《かい》はあった。

黄ばんだ綴りは十年前のもので、押しこみに見舞われたのは本郷菊坂の「加賀屋」という友禅染の卸問屋だった。

加賀前田家の御用達という記述から推せば、裕福な商家であったことが偲《しの》ばれる。盗人は「名無し」とあり、主人夫婦と幼い姉妹にくわえて奉公人数名が犠牲となっていた。

注目すべきは、丁稚小僧がひとりだけ生きのこったことだ。

名は佐吉《さきち》、年は十一とある。

「生きていれば今は二十一、龍三と同じ年格好だな」

「加賀屋の丁稚が龍三だと仰るのですか」

「ああ。ひょっとしたら、茶箱に隠れて事の一部始終を眺めていたのかもしれねえ」

おしのという京屋の下女は、盗人の蒼い手をはっきりと記憶にとどめていた。

そのはなしを頭に浮かべつつ、佐吉は龍三にまちがいないと、勘兵衛は確信したようだった。

「みろ、半年後に永尋ねの取りさげを懇願した者がいる」

「名はおはつ、京橋の絹糸問屋、佐野屋の内儀ですね」

「加賀屋から嫁いだ娘かもしれねえな」

「なるほど」

「鯉四郎、ひとっ走り、京橋まで行ってこい。おはつの素性を探ってくるのだ。おれは向島の様子をみにいく。そっちで待ちあわせよう」

「は」

ふたりは厳めしい奉行所の門を出て、二手に分かれた。

あいかわらず、はっきりしない空模様だ。

厚雲に閉ざされているのに、肝心の雨は降ってこない。

「降りみ降らずみ、か」

勘兵衛は灰色の空を見上げ、おくずの泣き顔を思い浮かべた。


途中、両国の広小路《ひろこうじ》で、娘たちの華やかな盆踊りを目にした。

「ぼんぼんぼんは今日明日ばかり、明日は嫁の萎れ草、萎れ草。萎れた草を櫓《やぐら》へあげて、下からみれば木瓜《ぼけ》の花、木瓜の花……」

闇夜に切子灯籠が点々と繋がり、下は六つほどから上は十七、八の娘までが同じ花柄の浴衣を纏い、二重三重と花のように連なって踊る。歳の異なる娘たちが列をつくって練り歩く小町踊りは、可愛らしく、艶《あで》やかで、じつに美しい。祖霊もきっと、喜んでいることだろう。

そういえば、今夜で盂蘭盆会《うらぼんえ》も終わる。武家や商家では門口に送り火が焚《た》かれるが、うつつに生きる者の口を楽しませる料理屋のなかには暖簾を出している見世もある。べからず亭も、そのひとつだった。

「……向こうのお山の角力草を、えんやらやっと引けばお手々が切れる、お手々の切れたにお薬りゃないか、御若衆さまの、御手ぐすり、御手ぐすり」

勘兵衛は盆歌を口ずさみながら、渡し船で大川を渡った。

向島のべからず亭にたどりついてみると、銀次が待っていた。

「あ、旦那」

「どうでえ。怪しい者の影はねえか」

「それがおおありで。ついさっき、旦那のもとへ使いを走らせたところでやした」

「行きちがいか。そいつは、すまねえことをしたな」

「とんでもありやせん。それより、怪しい野郎のことですが、そいつは大江戸屋勝五郎《おおえどやかつごろう》とかいう太物屋でして」

「商人か」

「へい。でも、あれはたぶん、商人じゃねえ」

肩幅の広いがっしりした体軀《たいく》の男で、年は五十絡みだという。

「何が怪しいかっていえば、商人にしちゃ目付きが尋常じゃねえんでさあ。遠目でもわかりやす。山狗みてえに、目が赤く光っていやがるんで。あれはどう眺めても、盗人の目じゃねえかと」

「すっぽんの親分の勘働きってやつか。そいつを信用しねえわけにゃいくめえ」

「へ、ありがとさんで」

「それにしても、そいつが太物屋だってことがよくわかったな」

「盆にやってきた一見《いちげん》の客なので、みずから名乗ったそうです。下女に小粒を握らせたら、知っていることをぜんぶ教えてくれやした」

「なるほど」

「あと一刻もすりゃ、御本尊が出てきやしょう」

「それまでに、鯉四郎が間にあえばよいがな」

あたりは、漆黒の闇に包まれていた。

なにせ、田圃のただなかだ。

べからず亭は客間がすべて埋まっており、三味線の音色や呼ばれた芸者たちの嬌声《きょうせい》が外まで漏れ聞こえてくる。

焦《じ》れるようなときが過ぎ、亥ノ刻も間近になったころ、図体のでかい鯉四郎が息を切らしてやってきた。

「おい、こっちだ」

木陰から囁くと、鯉四郎は汗を拭《ふ》きながら近づいてくる。

「すみません、遅くなりました」

「ふむ、どうであった」

「義父上の読みどおり、おはつは加賀屋の長女でした」

佐野屋の主人にあたってみると、渋々ながらも重い口をひらいたという。

「十年前、おはつは十九で佐野屋に嫁ぎました。されど、加賀屋が押しこみに遭って潰れたあと、佐野屋から追いだされたのだそうです」

「離縁されたのか」

「はい。天涯孤独の身となり、おはつがどうなったかは誰も知りません。佐野屋はそののち、後妻を貰いました。外聞がわるいので、おはつは病死したのだと、隣近所には触れていたそうです」

「けっ、薄情なやつらめ。まあいい。おはつが生きてりゃ二十九、年格好はおくずと同じだな」

嫁いでいたことで命拾いした長女と、凄惨な場に遭遇しながら九死に一生を得た丁稚小僧、そのふたりが積年の恨みを晴らすべく、盗人どもに罠《わな》を掛けた。

「そいつが筋だ」

おくずは、かけがえのない双親《ふたおや》と幼い姉妹を失った。

一方、龍三は主人夫婦に可愛がられ、同じ年頃の姉妹とは遊び仲間だったのかもしれない。

「恨みの深さは半端じゃねえ」

ふたりは固い絆で結ばれ、残忍な盗人一味への復讐《ふくしゅう》を誓ったのだ。

拠所ない事情を役人に告白すれば、おくずは罪に問われる。

相手が兇悪な盗人とはいえ、殺したという事実は消えない。

白洲《しらす》に引ったてられれば、重い罪は免れまい。

大願を成就するまで、おくずは口が裂けても事情を告げるわけにはいかなかった。

「繋がったな」

おくずの執念が、勘兵衛には痛いほどよくわかる。

だが、おたふく小僧の頭目は悪党のなかの悪党だ。

「一筋縄でいく相手じゃねえ」

おくずは刺し違えるつもりだろうが、しくじる公算は大きかった。

鯉四郎が顔を寄せてくる。

「義父上、ひとつお聞きしても」

「何だ」

「藍染師の卯吉殺し、女将が下手人なら、どうなされます。縄を打つのですか」

「あたりめえだろう。たとい、殺されたのが盗人だったとしても、そこにのっぴきならねえ事情があったとしても、殺しは殺しだからな。料理茶屋の女将がやっていいことじゃねえ」

勘兵衛は、本心とうらはらのことを口にした。

鯉四郎は、不満げに口を尖らせる。

やがて、べからず亭の表口が騒がしくなった。

女将が提灯で客の足許を照らしながら、外へ出てくる。

鴇色《ときいろ》の地に萱草の花と葛の葉をあしらった着物は、加賀友禅であろうか。

艶やかな友禅が、勘兵衛の目にはなぜか、死に装束にみえる。

おくずが手にする提灯の炎は、死人を見送る送り火のようだ。

するするっと、一挺《ちょう》の宝仙寺駕籠が近づいてきた。

女将の背後につづくのは、肩幅の広い商人風体の男だ。

光沢のある抹茶色の着物をぞろりと纏い、縞の博多帯には朱羅宇《しゅラウ》の長煙管《ながキセル》を差している。

「大江戸屋でやすよ」

銀次が掠《かす》れた声で囁いた。

半町ほど離れた木陰にも、女将の声は聞こえてくる。

「大江戸屋の旦那、またいらしてくださいね」

「おう、じゃあな」

悪党はひらりと手をあげ、駕籠に一歩近づく。

つぎの瞬間、女将の顔に苦悶《くもん》の色が浮かんだ。

ふっと、駕籠の陰にすがたが消える。

当て身を食らい、膝が抜けたのだ。

突如、宝仙寺駕籠が勢いよく走りだす。

「えっさ、ほいさ」

先棒と後棒の掛け声が、瞬時に遠ざかった。

その場に残されたのは、大江戸屋勝五郎ひとりだ。

「くそっ、やられた」

大江戸屋はばさっと袖を翻し、駕籠とは逆の方角へ一目散に駆けだす。

敏速な動きだった。

まるで、張りこみを察していたかのようだ。

勘兵衛は発した。

「鯉四郎、盗人を追え」

「は」

勘兵衛と銀次は裾を端折り、駕籠を追いかける。

必死に走りつづけ、何とか駕籠尻に追いついた。

廻りこんで止めてもよいが、行き先を確かめたい気もする。

そうしやしょうと、脇を走る銀次が目顔で頷いた。

十二

女将を乗せた宝仙寺駕籠は吾妻橋を渡り、浅草広小路を突っきり、一路、上野の不忍《しのばずの》池《いけ》へ向かった。さらに、湯島《ゆしま》から本郷へとたどり、加賀藩上屋敷の西側に沿った道をすすむ。そして、左手に構えた寺の山門を潜った。

「銀次、あそこは」

「福が喜ぶと書いて、喜福寺でやす」

「うっかりしていた。加賀屋の菩提寺《ぼだいじ》だぞ」

寺の墓地には、酷《ひど》い仕打ちで亡くなったおくずの家族が眠っている。

・菩提寺の名とはうらはらに、おくずの半生は福の少ないものであったにちがいない。

「めえったな。墓地は逃げ場に困らねえ」

「だから、勝五郎のやつは、わざわざここを選びやがったんだ。銀次よ、勝五郎は来るぜ。こっちにとったら、好都合じゃねえか」

「ちげえねえ」

宝仙寺駕籠は山門を潜り、墓地に踏みこむや、ふっとすがたを消した。

勘兵衛と銀次の面前には、墓石が不気味に並んでいる。

ぶるっと、寒気が走った。

駕籠も駕籠かきもおらず、おくずの人影もない。

ただ、ぽつんと奥のほうに火が灯っている。

「狐火《きつねび》か」

油断は禁物だ。

菩提寺に誘いこんだのは女将ではなく、敵のほうなのだ。

墓石から墓石を伝い、おくずの影を捜してまわる。

参拝人はもちろん、墓守もいない。

霊気だけが、重く立ちこめている。

「鯉さまは来られやしょうかね」

銀次が不安げにつぶやく。

「さあな。まかれちまったかもしれねえ。そんときはそんとき。ふたりで悪党の素首をいただくまでよ。そのくれえの覚悟はできてんだろう」

「あたりめえのこんちくしょうでさ。あっしは旦那となら、地獄の底までもお伴するってきめてんだ」

「頼もしいかぎりだぜ。年寄りふたりで、がんばろうや」

「へい」

銀次が勇んで飛びだした。

墓石の陰に、殺気が膨らんだ。

人影が飛びだし、白い閃光《せんこう》が迸る。

「うえっ」

銀次が肩口を斬られ、その場に蹲る。

「大丈夫か」

勘兵衛は十手を抜き、老いた岡っ引きを庇った。

銀次を斬った相手が、のっそりあらわれる。

「ふん、死に損ないめ」

蟷螂顔の居合浪人、桑山兵庫だ。

「この野郎」

勘兵衛が十手を突きだすと、桑山は後じさって納刀し、くるっと踵を返した。

「だ、旦那。あっしは心配えねえ……お、女将を助けてやってくだせえ」

「わかった。すぐに介抱してやるからな」

血達磨《ちだるま》の銀次をその場に残し、桑山の背中を追いかける。

「待て、おくずをどこにやった」

駆けながら叫ぶと、桑山は足を止めた。

こちらを振りむき、ぐっと腰を落とす。

「不浄役人め」

間合いが詰まった。

「そい」

勘兵衛は先手を取り、十手を突きだす。

桑山は一歩退がり、素早く抜刀した。

「にょっ」

突きがきた。

十手で弾くや、火花が散った。

桑山は音もなく、また一歩退がる。

白刃は鞘の内にあった。

抜き際の一撃で仕留める腹なのだろう。

「老いぼれめ、死ね」

言うが早いか、桑山は地を蹴った。

「つおっ」

撃尺の間合いを越え、白刃を鞘走らせる。

あきらかに、胴を抜きにかかった。

それと見破り、勘兵衛は反転する。
——ばすっ。
片袖を断ちきられた。
一寸近ければ、肘《ひじ》の脈を断たれている。
「おのれ」
勘兵衛は頬桁《ほおげた》を狙い、十手を振りまわす。
桑山は難なく除《よ》け、鋭く踏みこんできた。
「うしゃ……っ」
突きとみせかけ、上段から斜めに斬りおろす。
袈裟懸け。
龍三を斬った技だ。
手加減はない。あきらかに、命を狙っている。
「うわっ」
勘兵衛は体勢をくずしながらも、どうにか躱した。
すかさず、二段突きが伸びてくる。
たまらず、尻餅《しりもち》をついた。

「ふふ、窮鼠《きゅうそ》め」

起きあがると、背に墓石を抱える恰好になった。

右にも左にも、逃れられない。

「そろりと逝くか」

桑山は納刀し、残忍そうな笑みを浮かべる。

じりっと、爪先を躙《にじ》りよせた。

「くそっ」

もはや、逃げられぬ。

逃げようとすれば、袈裟懸けが襲ってこよう。

正面から向かっても、十手では長さが足りない。

最初から、刀を抜いておくべきだった。

今から挑んでも、抜く寸前で籠手《こて》を落とされる。

これまでか。

勘兵衛は、覚悟をきめた。

「楽にしてやる」

桑山は腰を沈め、柄頭《つかがしら》に右手を添える。

抜刀と同時に、勘兵衛の命は尽きるのだ。

「いやっ」

桑山は抜いた。

抜いた瞬間、ぶっと血を噴いた。

「なにっ」

驚いたように目を瞠《みは》り、前のめりに倒れていく。

勘兵衛は、ぽかんと口をあけていた。

何が何だか、にわかに把握できない。

俯《うつぶ》した桑山の背中には、小太刀が刺さっていた。

何者かが投擲《とうてき》したのだ。

大きな人影がひとつ、墓石の陰からあらわれた。

「鯉四郎か」

「義父上、間に合いましたな」

「ふむ、大江戸屋はどうした」

「山門を潜ったところで、見失いました」

「さようか」

「銀次の止血をしておきました」

「おう、すまぬ。傷は」

「存外に浅手です」

あとは、おくずの行方だ。

と、そのとき。

「きゃあああ」

墓地一帯に、女の悲鳴が響いた。

十三

悲鳴につづいて、墓石の狭間《はざま》から、男の嗤《わら》い声が聞こえてきた。

「ぬははは、茶番はそこまでだ。不浄役人ども、こっちをみろ」

灯火が揺れ、大江戸屋勝五郎がやってくる。

後ろ手に縛ったおくずを抱きよせ、朱羅宇の先端で白いのどを撫でていた。

よくみれば、朱羅宇には錐《きり》のような刃物が仕込まれており、錐の先端が皮膚の表面を裂こうとしている。

勘兵衛は、すっと襟を正した。

「てめえが、おたふく小僧の頭目か」

大胆に近づいていくと、勝五郎が怒鳴った。

「止まりやがれ。そっから一歩でも近づいてみろ。女の命はねえぞ」

「どのみち、殺る気なんだろうが」

「どうかな。この女、おれさまを手玉に取りやがった。殺るにゃ惜しい女だ」

「殺らなきゃ、殺られるぜ」

「わかってらあ。この女、どうあっても、おれさまを殺りてえらしい。そこまで執念を燃やす理由ってやつをよ、土産話《みやげ》に聞いてからでも遅くはねえ。だから、誘いに乗ってやったのよ」

「墓穴を掘ったたな。てめえみてえな悪党にゃ、墓場が似合いだ」

「ふん、役立たずがほざいてろ」

勝五郎は吐きすて、おくずに鼻面を寄せる。

「さあ、女将、素性を喋ってみな」

おくずはきっと眸子を吊り、勝五郎の顔に唾を吐いた。

「うっ、この女」

平手打ちが飛び、おくずは鼻血を散らす。

それでも薄く笑いながら、くぐもった声を発した。

「わたしの名はおはつ、十年前、おまえたちに襲われた加賀屋の娘だよ」

「なるほど、読めたぜ。加賀屋にゃたしか、嫁いだ娘がひとりあったな。そいつがおめえか。へへ、十年越しの恨みってやつだな。でもよ、卯吉が一味だってことが、何でわかった」

勘兵衛の想像どおり、龍三と名を変えた丁稚の佐吉が盗人の蒼い手を目に焼きつけていた。弁慶橋の京屋が襲われたあと、おくずと龍三は蒼い手の藍染師を必死に捜したのだ。

「きっと、京屋の近くに潜んでいる。そう踏んでね」

案の定、おくずは卯吉をみつけた。そして、一ツ目橋の岡場所で春をひさぐ女郎に化け、まんまと気を惹《ひ》いてみせた。さらに、矢場の二階に誘ってしたたかに酔わせたあげく、盗人一味の正体を聞きだしたのだという。

「きっと、死んだ双親と妹たちが導いてくれたのさ」

「やっぱり、卯吉を殺ったな、おめえなんだな」

「そうさもなかったよ」

おくずは勝五郎を誘うべく、屍骸のそばにわざと証拠を残した。と同時に、錦山や浪人たちの居所を確かめ、夜鷹に化けて訴人をやった。

それだけ聞けば、もう充分だ。

勘兵衛は息を吸い、静かに言った。

「勝五郎、女将を放してやれ」

「莫迦か、おめえは。こいつを楯《たて》にして、どこまでも逃げのびてやるぜ」

「捕り方を甘くみねえほうがいい。女将は楯にならねえぜ。楯にするなら、不浄役人のほうが役に立つ」

「どういうことだ」

「おれが身代わりになるってことさ」

「ほっ、そうきたか」

勝五郎は少しばかり考え、口端に残忍な笑みを浮かべた。

「へへ、不浄役人にも骨のある野郎がいたってわけだ。よし、そっちのでけえのに縄を打たせろ」

言われるまでもない。

「鯉四郎、やれ」

「え」

勘兵衛は黒羽織を脱ぎ、大小と十手を鯉四郎に預けた。

「急げ。まごまごしている暇はない」

「は」

鯉四郎は渋い顔で、勘兵衛を後ろ手に縛る。

きつく縛ったようにみせ、小柄《こづか》を握らせた。

「よし、こっちに来い」

勝五郎に指示され、勘兵衛は歩きだす。

「だ、旦那」

おくずが叫んだ。

目に涙を溜めている。

「ふへへ、どうやら本気らしいな。よう、老いぼれ。てめえ、この女の何なんだ」

「何でもないさ」

「何でもねえのに、命を張るのか。てめえ、莫迦だな」

せせら笑う勝五郎に向かい、勘兵衛は胸を張る。

「こんな命でよかったら、くれてやるよ。誰かのために死ねりゃ、捕り方にとってこれほど本望なことはない」

「けっ、泣かせる台詞でも吐いたつもりか」

勘兵衛は、手を伸ばせば届くほどの間合いに近づいた。

「さあ、女将を放してやれ」

「わかったよ、ほれ」

勝五郎はおくずを放すどころか蹴倒し、突如、煙管の先端で勘兵衛に突きかかってきた。

「そりゃっ」

さっと、頰を裂かれる。

「義父上」

鯉四郎が後ろで叫んだ。

勘兵衛は縛られたまま、喝《かっ》しあげる。

「動くんじゃねえ。この悪党は、おれが始末する」

勝五郎は眸子を剝き、呵々《かか》と嗤った。

「ぬはは、ほざけ。気が変わったぜ。てめえも女も、この場でぶっ殺してやる」

勘兵衛はおくずを庇うべく、すっと横に足を運んだ。

「勝五郎。おくずが卯吉を殺めたのは、おめえのせいだ。おめえは、まっさらな娘の心をどす黒い色に染めやがった。おれにゃどうしても、そいつが許せねえ」

「へへ、だからどうした」

勝五郎は煙管を捨てた。

腰に差した段平《だんびら》を抜き、猛然と斬りかかってくる。

「ぬらああ」

白刃が鼻面に伸びた。

太刀筋は鋭い。

「うっ」

痛みが走る。肩口を斬られた。

だが、すべて勘定のうちだ。

「死ね」

とどめを刺すべく、勝五郎が突いてくる。

勘兵衛は、避けもしない。

白刃が胸に触れた瞬間、反転しながら沈みこむ。

「うおっ」

勢い余った勝五郎が、勘兵衛の背に乗りかかった。

「この野郎」

ふたつのからだは折り重なり、そのまま潰れてしまう。

「だ、旦那」

驚いて叫ぶおくずよりも素早く、鯉四郎が駆けよせた。

重なって潰れたふたつのからだは、ぴくりとも動かない。

「義父上、義父上」

鯉四郎が必死に呼びかけると、覆いかぶさる勝五郎のしたから、かぼそい声が返ってきた。

「重い、重いぞ……こ、鯉四郎。早う、何とかせい」

「は」

鯉四郎は両腕を伸ばし、勝五郎の身を裏返した。

仰向けになった悪党の左胸には、小柄が刺さっている。

すでに、息はない。

縄を解かれた勘兵衛は胡座《あぐら》をかき、手で土埃をはらった。

「ふう、重え野郎だぜ。いいもんばっかり食ってたな」

墓石の向こうから、銀次が足を引きずってきた。

「旦那、やりやしたね」

おくずは声もなく、その場に蹲ってしまった。

顎を震わせながら、勘兵衛に合掌してみせる。

「ありがとう……あ、ありがとう存じます」

「拝むな。おれは、ほとけじゃねえぞ」

勘兵衛は、怒ったように吐きすてた。

十四

盆を過ぎても夏の温気の名残りはあるが、町中で金魚売りやところてん売りをみつけるのはさすがに難しくなった。

甘酒売りはまだ、町の辻々を徘徊《はいかい》している。

「あまーい、あまーい」

という売り声に誘われ、勘兵衛は辻を曲がった。

行商の親爺が、甘酒の釜を入れた箱を担いでいる。

「親爺、熱いのを一杯くれ」

「へえい」

甘酒は冬ではなく、夏の呑み物であった。

風呂でもなんでも、熱湯好きの勘兵衛にとってみれば、たまらない好物だ。めったやたらに行商が流していないこともあって、みつけたらまず逃さない。

勘兵衛は汗だくになりながら、甘酒を呑みほした。

文月《ふづき》二十六日は愛染明王の縁日、明王を守護神と奉じる染物屋や水商売の見世では明王を祀《まつ》った御堂に花を手向ける。

勘兵衛は萱草の花束を抱え、喜福寺へやってきた。

おたふく小僧の頭目を葬った晩以来のことだ。

あれから七日のあいだ、勘兵衛は向島におくずを訪ねようともしなかった。

殺しの罪を犯した女を裁くべきかどうか、ずっと自問自答をつづけていた。

なるほど、おくずは卯吉を殺した。みずからも認めている。

どのような理由があろうとも、人殺しは大罪だ。

人殺しを許せば、十手持ちの正義に反する。

だが、正義ということばほど、胡散臭《うさんくさ》いものはない。

若い時分は正義の御旗のもと、十手を振りかざしては得意になっていたものだが、還暦も近づいてくると、物事の道理もわかり、世間の裏側にも精通してくる。近頃は、杓子《しやくし》定規に善悪を判断するのもどうかと、おもうようになってきた。

正義と不正義の境界は曖昧《あいまい》で、誰かを裁くという行いはじつに難しい。

が、このたびの一件は、曖昧なままにしておくわけにもいかなかった。

本所廻りの連中がどうやら、おくずの周辺を嗅ぎまわっているらしい。

破れ提灯を拾った文七が、卯吉殺しを洗いなおしてみたいなどと訴え、宍戸に余計な智恵を授けたのだ。たびかさなる失態を帳消しにするには、目新しい手柄をあげるしかない。鼻の利く文七に食いつかれたら、哀れな女がひとり刑場の露と消えてしまうことも否めず、放ってはおけなくなった。

同じ引導を渡すなら、自分の手で渡したい。

勘兵衛は宿坊で水桶と柄杓《ひしゃく》を借りうけ、おくずの家族が眠る墓に向かった。

おもったとおり、墓石のまえには先客があった。

おくずだ。

身に纏うのは、薄紫の地に紅芙蓉《ふよう》をあしらった加賀友禅である。

文字どおり、息を呑むほどの艶やかさだ。

勘兵衛は、ゆっくり近づいていった。

おくずがこちらに気づき、背を伸ばしてお辞儀する。

「よう、今日は一段と華やかだな」

「今生の別れに、せめて装いだけでもと」

勘兵衛は墓前に身を寄せ、手にした花を手向けた。

墓石に水を掛けると、おくずが明るい声で発する。

「萱草の花ですね」

「ああ。川縁《かわべり》で摘んできた忘草だ」

「わたしなんぞのために、ありがとうございます」

「いいってことよ。それより、今生の別れってのはどういう意味だ」

「つい、口が滑っちまったんですよ」

おくずは言ったそばから、その場に座って三つ指をついた。

「龍三の怪我も癒えました。お見世のほうも、そっくり買っていただけるお方をみつけました。旦那のおかげで、積年の恨みを晴らすこともできました。もう、何ひとつおもいのこすことはございません。あの……うぽっぽの旦那と、お呼びしてもよろしいですか」

「かまわねえよ。そいつがおれの綽名だ。歩きまわるしか能がねえから、みんなが莫迦にしてそう呼びはじめた。今じゃ自分でも気に入っている」

「うぽっぽの旦那は、町奉行所で一番お情けのある方です。そんな旦那に引導を渡していただけたら、これほど幸せなことはありません。お願いです。どうか、お縄を」

「ちっ、そういうことか」

勘兵衛は墓石に向かって、ぱんぱんと柏手を打った。

おくずに背を向けたまま、ぶっきらぼうに応じてみせる。

「おとっつあんとおっかさんが泣いているぜ。墓前で愛娘に縄を打ったら、化けて出られそうだ」

「それなら、番屋までお伴いたします」

「いいや、その必要はねえ。見世を売るのは勝手だが、早まらねえほうがいいかもな」

「えっ。ど、どうしてです。わたしは、人殺しなんですよ」

「ああ、そうだ。おめえは卯吉を殺した。だが、そいつは敵討ちだ。敵を見事に討ちはたした侍《さむれ》えは殿様から褒美を頂戴し、ちゃんと出世する。いいか、おくず、こっからが肝心なはなしだ。敵討ちってのは、侍えだけのものじゃねえ。だからよ、おめえを罰する理由が、おれにゃどうしてもみつからねえのさ」

「旦那」

「何も言うな。いいか、本所廻りが訪ねてきても、罪を認めることはねえ。罪を認めたら、おれの顔に泥を塗ることになる。そいつだけは、おぼえておいてくれ。それともうひとつ、明日から見世の名を変えたほうがいい。べからず亭を返上し、萱草の花とでもしたらどうだ。そうすりゃ、この世の憂いを忘れられるかもしれねえぜ」

おくずは返すことばもなく、ただ、蹲って噎《むせ》び泣いている。

「あばよ。龍三を慰めてやりな。やつはな、おめえがいねえことにゃ生きていけねえ」

勘兵衛は颯爽と袖をひるがえし、盆歌を口ずさみながら遠ざかっていく。

「ぼんぼんぼんは今日明日ばかり、明日は嫁の萎れ草、萎れ草。萎れた草を櫓へあげて、下からみれば木瓜の花、木瓜の花」

おくずは涙目で、勘兵衛の後ろ姿を見送った。

江戸屈指の料理茶屋を切り盛りする女将に、涙顔は似合わない。

蒼天を仰げば一朶《いちだ》の雲もなく、空はすっきり晴れていた。

れんげ胆

一

池畔に咲いた撫子《なでしこ》は、薄紅色の花弁の縁が糸のように裂けている。

糸に絡《から》んだ白露が雫《しずく》となって零《こぼ》れおちる様子を、勘兵衛は釣り糸を垂れながらぼんやり眺めていた。

下谷七軒町の三味線堀は鯉釣りの名所、暇な連中が残暑を避けるために集う逃れの場でもある。

——ぴーよ、ぴーよ、ぴーるり、ぴーるり。

山から里に降りた鵯《ひよどり》が、轉軫橋《てんじんばし》の欄干で鳴いていた。

轉軫は三味線の糸巻。なるほど、鳥の目でみた池のかたちは三味線に似ており、橋はちようど糸巻の部分に位置している。

その轉軫橋を背にして、勘兵衛は自前の継ぎ竿《ざお》を握っていた。

「おや、うぽっぽの旦那ではありませんか」

五十絡みの商人が、橋のほうから親しげに声を掛けてきた。

「お、対馬屋《つしまや》か」

「ごぶさたしております」

馬喰町で公事宿《くじやど》を営む対馬屋惣八《そうはち》は困った者の手助けを生き甲斐《がい》にしており、公事を持ちこむ百姓たちからは生き仏のように慕われていた。勘兵衛とも親しく、かれこれ二十年来の付きあいになる。

「いかがです。釣れますか」

「ご覧のとおり、坊主さ」

「釣れずとも、さまになっているところが、いかにも、うぽっぽの旦那らしい。その気楽さを、みなが好いておりますよ」

「嬉《うれ》しいことを言ってくれる」

世辞ではなさそうだ。むかしから、世辞の言える男ではない。

「ところで、朝っぱらから三味線堀に何の用だ」

「じつは、後ろに控えている連中に、佐竹さまの御屋敷を拝ませておこうとおもいまして」

対馬屋が顔を向けたさきに、旅装の若い百姓がふたり立っている。

「肥えたほうは熊佐《くまざ》、瘦《や》せたほうが与助《よすけ》です」

熊佐は三十の手前、与助は二十そこそこであろうか。

ふたりは出羽仙北郡六郷村の百姓だった。不作つづきで今年も年貢を納められる目処《めど》が立たず、六郷村は瀕死の状態に追いこまれていた。村を捨てて生きのびようと主張する者もあったが、いざとなるとご先祖から継承した田圃《たんぼ》や家を捨てるに忍びなく、お上に何とかして窮状を訴えるべく、名主ともども江戸へのぼってきたのだという。

「おめえのところで世話してやってんのか」

「さようにござります。今日で三日目になりますが、この連中、腰が重くて外に出ようといたしません。ご領主の江戸屋敷もみずして、公事をおこなうなどもってのほか。わたしは、常からそう考えております」

「佐竹さまは二十万五千石の大大名だ。厳《いか》めしい御門を見上げれば、膝も震えてこようぜ」

「仰《おっしゃ》るとおりにございます。この者たちは、みずからの卑小さ、百姓が蟻《あり》にも等しいものだということを、あらためて痛感させられましょう。なれど、それしきのことで尻込みするようでは、お上に訴えは届きません」

全国津々浦々には、餓えた農村が星の数ほどある。年貢が納められず、一揆に走る連中もいれば、村を捨てて逃げだす者たちも後を絶たない。そうしたなか、百姓が自分たちの窮状を認めてもらうのは並大抵のことではない。ましてや、領主が訴えを取りあげて温情をしめすことなど、稀《まれ》にもなかった。

「よほど性根を据えて掛からねば、門前払いになるだけのはなしです。わたしはそのことを、若い者に知っておいてもらいたい。それゆえ、名主さまにもお断りしたうえで、公事の心構えを教えにまいった次第で」

「立派な心懸けだ。おめえらしいぜ。でもよ、おれに言わせりゃ、屋敷をみせる程度じゃ甘えな。訴えが届かねえときはどうするのか。そのへんのところを、きっちり教えとくべきじゃねえのか」

「駕籠訴ですね。たしかに、駕籠訴はご領主に村の窮状を訴える最後の手札です。ただし、多くの場合、みずからの命と引換にしなければならない。わたしには薦められません。たとい、村のために死ぬことで神仏のごとき扱いを受けても、百姓たちに命を粗末にしてほしくはないのです」

後ろで脅《おび》えている百姓たちに向かって、勘兵衛はにっこり笑いかけた。

「聞いたか。おめえらは運が良い。対馬屋惣八は俠気《おとこぎ》の男だ。おれが知るかぎり、対馬屋ほど熱心に百姓の面倒をみる男はいねえ」

「おやめください」

対馬屋は、照れたように頭を掻《か》いた。

「ご存じのとおり、わたしも百姓の出ですから」

「おっと、そうだったな。越後《えちご》の貧農出の椋鳥《むくどり》が、江戸で血の滲《にじ》むような苦労を重ねたあげく、そこまでになったんだ。正直、おめえにゃあたまがさがるぜ」

同郷だからとか、以前からの知りあいだからとか、そうしたことに関わりなく、対馬屋惣八はさまざまな地方から出てきた百姓を救うべく、からだを張ってきた。

「一所懸命なのはいいが、からだにゃくれぐれも気をつけるんだぜ。無理は禁物だ」

「はい。ありがとう存じます」

「そういえば」

ふと、おきたという内儀のことをおもいだした。

おきたは吉原で年季明けまで勤めた遊女だったが、悪い男に騙《だま》されて一文無しになった。ひょんなことで知りあった勘兵衛が見るに見かねて、対馬屋に下女として雇ってもらえないかと頼んだ。二つ返事で承知してくれた対馬屋は、半年後、おきたを女房にすると言いだした。まさに、捨てる神あれば拾う神あり。無欲の献身が実を結び、おきたは対馬屋の内儀におさまったのだ。

嬉しい知らせを受けてから、かれこれ五年が経《た》つ。実子に恵まれてはいないものの、ふたりは鴛鴦《おしどり》夫婦として知られていた。

「おきたは、元気でやっているかい」

「おかげさまで。いつも、旦那の噂《うわさ》をしております」

「何て」

「失礼かもしれませんが、旦那は得難いお役人だと。なにせ、御法度《ごはっと》を破ってまで弱い者を救おうとなさるめずらしい方だ。罪を犯した者でも、情にほだされれば秘《ひそ》かに救いの手を差しのべてやる。袖の下も目こぼし料も受けとらず、いつも堂々とお天道様のしたを歩いておられる。直《じか》に救われた者でなければ、情け深い旦那のことはわかるまい。などと、おきたは生意気なことを抜かしております」

対馬屋には、四歳になる息子と娘があった。子煩悩としても知られているが、いずれも血を分けた子ではない。公事宿の裏口に捨てられていた子だった。夫婦は捨て子を拾い、慈《いつく》しみながら育てている。

「では、旦那、釣果《ちょうか》を祈っておりますよ」

「おう、ありがとうよ」

対馬屋は若い百姓たちを連れ、佐竹屋敷の厳めしい正門のほうへ遠ざかった。

――ぴーよ、ぴーよ、ぴーるり、ぴーるり。

轉軫橋の欄干で、鶫が悲しげに鳴いている。

対馬屋と、これが今生の別れになろうとは、このときの勘兵衛には想像すべくもなかった。

二

――葉月二日戌《いぬ》ノ刻頃　浅草蔵前鳥越橋そばの辻にて　馬喰町の公事宿対馬屋の主人物八　斬られて死す　下手人は不明　物盗り目当ての辻斬りか
対馬屋の死は廻り方の日誌に三行しか記されなかったが、凶事を知った勘兵衛は背骨を折られるほどの衝撃を受けた。
鯨幕の掛かった通夜に訪れてみると、予想どおり、関わりのある多くの者がお悔やみにきていた。

半化粧のおきたは喪主の座で気丈に振るまっていたが、勘兵衛の顔をみるなり、感極まって嗚咽《おえつ》を漏《も》らしはじめた。隣に座る幼子たちも、貰《もら》い泣きをしてしまう。泣きくずれる母子のすがたはあまりに憐《あわ》れで、みる者の涙を誘った。

「うぽっぽの旦那、わたしは今日から、どうしたらいいんです」

故人の顔も拝ませてもらえず、おきたは腕に縋《すが》りついてくる。

勘兵衛はさすがに周囲の目を気にしてか、静かに叱りつけた。

「しっかりしろ。おめえがしっかりしなきゃ、惣八も安心して逝《い》けねえぞ」

「は、はい」

おきたを宥《なだ》め、白い蒲団《ふとん》に寝かされた故人のそばに躙《にじ》りよる。

白い布を払いのけると、死化粧を施された惣八が眠っていた。

「きれいな顔じゃねえか、なあ」

勘兵衛は、逝った友に語りかける。

「おめえは江戸で財をなしたが、驕《おご》ることなく、困った連中を大勢助けてやった。どうしてだ。おめえみてえな善人が、どうして、辻斬りなんかに遭《あ》わなきゃならねえんだ。おれは今宵《こよい》ほど、神仏が恨めしくおもえたことはねえ」

啜《すす》り泣きが、さざ波のようにわきおこった。

「幸せな野郎だな、おめえは。これだけのひとに惜しまれて逝ける人間は、そうざらにゃいねえ。公事宿はな、おきたがしっかり継いでいく。だから、安心して常世《とこよ》へ旅立つんだぜ」

　勘兵衛は合掌し、溢《あふ》れでてくる感情を抑えこむ。

「旦那、ありがとうございます。ありがとうございます」

　おきたが這《は》うように近づき、畳に額《ぬか》ずいた。

「やめろ、おきた。もう、やめてくれ」

　勘兵衛は洟《はな》を啜り、ふらついた足取りで廊下に出る。

　厠《かわや》へ向かおうとすると、暗がりから袖を引かれた。

　みたことのある親爺が、ぬっと顔を寄せてくる。

「うぽっぽの旦那、こんばんは」

「のえっ、驚かすない」

「すんません」

「おめえ、誰だっけな」

「しがねえ天ぷら屋で」

「おもいだした。夜明かしの親爺か」

「へい。あの、旦那におはなしが」

「おう、どうした」

「じつは、対馬屋さんが斬られた晩、鳥越橋のあたりを屋台担いで流しておりやした」

「何だと」

「風の強い晩でしてね」

「おめえ、下手人をみたのか」

「へい。後ろ姿だけでやすが」

勘兵衛は、乾いた唇《くち》もとを舌で舐《な》めた。

対馬屋に随伴した手代の証言によれば、下手人は影のようにあらわれ、風のように去っていった。手代は道端の笹藪《ささやぶ》に蹲《うずくま》り、両手で顔を覆っていたので、下手人の後ろ姿すらみていない。

「風体からして、お侍だってことは確かで。どうにも暗すぎて、顔まではわかりやせんでした。でも」

「でも、どうした」

「そいつ、歌を歌っておりやした」

「歌を。対馬屋を斬ったあとにか」

「へい。ありゃ、ひょっとしたら子守歌じゃねえかと。あっしは薄気味悪くなって、その場から動けなくなっちまったんです」

「うん、それで」

「しばらくすると、女の悲鳴が聞こえてきやした」

おそらく、遺体をみつけた夜鷹《よたか》の悲鳴であろう。

親爺は調子っ外れの声で、子守歌を口ずさんだ。

「寝ね子どご負って夜の道、白神さんまでござっしゃたけれど、山毛欅《ぶな》の林に棲《す》む鳥が帰えれ帰えれと鳴きわめく。ね、旦那、子守歌でごぜえやしょう」

「そうかもしれねえが、一言一句よく憶《おぼ》えたな」

「人斬りが何度も繰りけえし歌ってたもんだから、耳に焼きついて離れねえので」

「そのはなし、誰かにしたか」

「いいえ、恐ろしくて、できたもんじゃありやせん」

「なら、何でおれに喋《しゃべ》った」

「うぽっぽの旦那なら、何とかしてくださると」

「何とかってのは、何だ」

「きまっておりやしょう。辻斬りのやつを引っ捕めえてくだせえよ。じゃなきゃ、安心して屋台も担げやせん」

「ふうむ」

対馬屋の無念を晴らすためにも、下手人を捕まえたいのは山々だが、辻斬りを捕まえるのは、闇夜で針に糸を通すほど難しいともいわれている。

それでも、勘兵衛はぽんと胸を叩《たた》いた。

「心配えするな。下手人は捕まえてやるよ」

「え、ほんとうですかい」

「ああ」

「旦那の心強えおことばを頂戴したおかげで、何やらほっとしやした。これで明日からまた、商いができそうだ」

「せいぜい、気張りな」

「へい」

厠から戻ってみると、三味線堀で遭った百姓たちが末席に控えていた。

「たしか、熊佐と与助だったな」

ふたりとも、顔をくしゃくしゃにして泣いている。

隣で俯《うつむ》いているのは、五十絡みの見慣れない男だ。

秋田から百姓たちを連れてきた名主にちがいない。

三人のすがたをみて、疑念がひとつ浮かんできた。

下手人は、物盗り目当ての辻斬りなのだろうか。

どうも、そうではないような気がしてならない。

というのも、対馬屋は剣におぼえがあった。たいした力量ではないが、町道場に通いつづけ、辻強盗から身を守る程度の護身術は身に付けていた。にもかかわらず、正面から胴斬りの一刀で斬られた。しかも、胸乳《むなぢ》のやや下を横一文字に深く斬られていた。

想像するに、居合技にある抜きつけの水平斬りに近い。難しい技だ。

いずれにしろ、下手人はよほどの手練《てだ》れとみて、まずまちがいあるまい。

物盗り目当ての辻斬り風情に、それほど腕の立つ者がいるともおもえなかった。

「おい、どうした。でえじょうぶか」

あれこれ考え事をしていると、仏壇のほうでちょっとした騒ぎが起こった。

浪人風体のむさ苦しい男が焼香をしたのはいいが、手許が狂って灰を畳にぶちまけてしまったのだ。

「そそっかしい野郎だなあ」

近所の若い衆が、場所柄もわきまえずにからかった。

「すまぬ、申し訳ない」

浪人は這いつくばって謝り、灰を手で掻き集めようとする。

おきたが見かねて立ちあがり、浪人のそばに近づいていった。

「結構ですよ。こちらで始末しときますから。どうか、おやめになってください。手が灰で真っ黒ですよ」

おきたに布で拭《ふ》いてもらい、浪人はいっそう恐縮してみせる。

悪人ではなさそうだが、どこか得体の知れない感じのする男だ。

窶《やつ》れているので老けてみえるものの、年は三十代の半ばであろう。

「お内儀、提灯《ちょうちん》をお借りできぬか」

浪人は、蚊の鳴くような声を出した。

「ええ、ようございますよ」

おきたに提灯を手渡され、去っていく後ろ姿が物悲しい。

対馬屋とはいったい、どのような関わりがあったのだろうか。

「お武家さま」

玄関口で、名主が声を掛けた。

浪人はちらりとみただけで、顔を背ける。

「お武家さま、六郷村の庄左衛門《しょうざえもん》にござります」

名主は知りあいだとでもおもったのか、なお、呼びとめようとする。

浪人は一顧だにせず、そそくさと外へ出ていった。

「追ってみるか」

よっこいしょと、勘兵衛は腰をあげた。

三

背中に声を掛けようとして、ふと、足を止めた。

「寝ね子どご負って夜の道、白神さんまでござっしゃたけれど……」

物悲しい歌声が、耳に聞こえてきたからだ。

「……山毛欅の林に棲む鳥が帰えれ帰えれと鳴きわめく」

担ぎ屋台の親爺の歌とは別物に聞こえたが、歌の中味はいっしょだ。

子守歌というよりも、子捨ての歌ではないかと、勘兵衛はおもった。

はっきりと場所を言いあてられないものの、白神山とはどこか北のほうに聳《そび》える霊山のことであろう。独特の訛《なま》りと節まわしから推すと、出羽地方の地歌であろうか。だとすれば、浪人と秋田藩佐竹家との関わりを疑わざるを得なくなる。

勘兵衛は歌に導かれつつ、鬱々《うつうつ》とした気分であとを追った。

「あの男が辻斬りなのか」

いや、そうとはおもえない。

斬った相手の通夜に訪れる人斬りが、どこの世にいるというのだ。

子守歌には、つづきがあった。

「……寝ね子どご負って遠い道、お城に戻ってきたけれど、御門のそばに控える鬼が来るな来るなと棒どご突いた」

聞けば聞くほど、憐れな歌だ。行くところも帰るところもない子守が、乳飲み子を負ったまま、途方に暮れている。板挟みになった弱き者の心情が、吹き荒《すさ》ぶ風雪ともども胸に迫ってくるようだ。

暗い夜道を歩く浪人の足取りは、あきらかに心もとない。

酒でも呑んでいるのか。それとも、灰を畳にぶちまけたことと関わりがあるのだろうか。

子守歌を口ずさんでいるというだけで、心に深い闇を抱えているような気がしてならない。

浪人は浜町河岸に沿って歩き、橘町のあたりから千鳥橋を渡った。

渡ったさきから左に折れて進めば、古着商の集まる富沢町である。

日中ならば賑《にぎ》やかな界隈《かいわい》も、暗くなれば閑寂としたものだ。

川沿いの道に「安」と白抜きされた紺地の太鼓暖簾《のれん》がはためいている。

五両一の安吉《やすきち》という高利貸しの見世で、何度か足を運んだことがあった。

浪人はふらりとからだをかたむけ、提灯ごと太鼓暖簾の内へ消えていった。

「なあんだ」

五両一の用心棒なのかと、合点した。

安吉は知らない男ではない。綽名《あだな》は海坊主、もとは盗人あがりの古着商だが、貸金五両に対して月金一分という高利で金を貸す五両一になった。女衒《ぜげん》の真似事などもやっている。海千山千で侠気があり、巨漢だけに押しだしも強い。なめくじと不浄役人は死ぬほど嫌いだと豪語してやまないが、勘兵衛だけは一目置かれていた。

数年前、医者殺しの下手人に仕立てあげられかけたとき、命を救ってやったのだ。おかげで、訪ねても嫌な顔はしない。

勘兵衛は音もなく、太鼓暖簾に近づいた。

湿り気をふくんだ川風とともに、暗闇から海坊主が顔を出す。

「五両一に、何か用けえ」

「安吉か、呑んでいやがるな」

「誰だ、てめえは」

海坊主は砥石《といし》で磨いたような禿頭《とくとう》をかしげ、血走った眸子《まなこ》をぎらつかせる。

勘兵衛はきまりわるそうに、咳《せき》払いしてみせた。

「安吉、おれだ」

「あれ、うぽっぽの旦那じゃござんせんか」

「三年ぶりだな」

「もう、そんなになりやすかい」

「あいかわらず、ちょこちょこ、わるさをしているらしいな。女衒の真似事だけはやめろと、釘《くぎ》を刺しといたはずだぜ」

「旦那、堪忍《かんにん》してくれ」

「てめえ、十手を甘くみてんじゃねえのか」

「待ってくだせえ。食うためにゃ、身を売るしかねえ連中だっているんですよ。あっしは貧しい連中を救ってやってんだ。あっしのことをね、生き仏のように拝む連中もいるんですぜ」

「仏の背中も、鬼にみえてくる。おめえのやっていることは、人助けなんかじゃねえ。そこんところは勘違いするなよ。いいか、買った娘を不幸にしたら、承知しねえぞ」

「へへ、あいかわらず、おもしれえ旦那だ。その年で青臭え説教をするのは、うぽっぽの旦那くれえだぜ。ま、廻り方にひとりくれえいても、いいかもな」

「ともかく、あんまり派手にやると、縄を打たなきゃならねえぜ」

「ふっ、旦那にゃ袖の下が効かねえ。おとなしく言うことを聞くしかなさそうだぜ。ところで、今宵は何です。へへ、誰か殺されやしたかい」

「対馬屋惣八だ」

「聞いておりやす。公事宿の堅物が辻斬りに遭ったんでやしょう」

「親しい仲でな」

「おや、旦那と。私怨がらみってことか。そいつは厄介だな。旦那にひっつかれたら、まず、逃げられねえ」

「おめえ、食い詰め者を雇ってんだろう」

「ええ、何人かおりやすよ。なにせ、貸した金を返えさねえ太え野郎が多すぎるもんでね。腕の立つ付け馬は、のどから手が出るほど欲しいんでさあ」

「子守歌を歌う浪人だ」

「それなら、内平《うちひら》先生だな。つい先だって、ふらっとみえやしてね、いくらでもいいから雇ってほしいと仰り、あっしの面前で二合徳利を真横に斬ってみせやした」

手下が徳利を摘《つま》みあげた途端、大量の酒が溢れでたらしい。

「こいつは拾いもんだと、一も二もなく付け馬をお願えしたってなわけで。なにせ、内が平らになるっていう縁起のいい苗字《みょうじ》でやしょう。名は竹の蔵と書いて竹蔵《たけぞう》、内平竹蔵ってのがご姓名でね。へへ、裏の虱《しらみ》長屋に住んでもらっておりやすが、文句ひとつ言わねえし、取り分のことで揉《も》めたこともねえ。余計なことは喋らず、仕事はきっちりこなしてくれる。これほど重宝なお侍えも、ざらにゃおりやせんよ」

「素性は」

「何かの事情で、五年前に故郷を捨てたとしか」

北のほうから江戸へやってきたというはなしだが、故郷の名はわからない。

「本人に聞いてみやすかい」

「いいや、今夜はこのへんにしとこう。おめえのところに居るんなら、急《せ》くこともねえ」

「あの先生、ふらっと居なくなっちめえやすよ」

「でも、帰えってくるんだろう」

「ええ、今んところは」

「なら、またにしよう」

「内平先生が辻斬りじゃねえかと、疑っていなさるんですかい」

「さあな」

「旦那、そいつはありやせんぜ」

「かもしれん。ほかにとっかかりもないもんでな」

「そうですかい。ま、お気が済むまで、お調べになりゃいい。それじゃ、あっしはこれで。ごめんなすって」

海坊主は巨体を折り、見世のなかに消えた。

勘兵衛は背を向け、とぼとぼ歩きはじめる。

暗い川には、刃物のような月が泳いでいた。

四

八丁堀の家に戻ると、垣根の向こうから笑い声が聞こえてきた。

がははという豪快な笑い声は、仁徳のものだろう。

「藪医者め」

通夜の帰りと知っておきながら、不謹慎ではないかと、怒りが込みあげてくる。

乱暴に簀戸《すど》を押しあけ、中庭から濡縁《ぬれえん》へ向かう。

笑いが静まった。

「おう、帰えってきたか。こっちに来い」

ご機嫌な仁徳のかたわらには、腹の大きな綾乃が座っている。

静は慈しむように、娘の腹を撫《な》でていた。その様子を目にした途端、怒りがしゅんと消えてなくなる。

「うぽっぽ、これが何だかわかるか」

白髪頭の仁徳は、笹の敷かれた笊《ざる》のうえから細長い魚を摘みあげた。

「九十九里の秋刀魚《さんま》だぜ、初物さ」

ふうん、初物を食べて喜んでいたのかと、合点する。

「秋刀魚は美味《うめ》えだけじゃねえ、からだにもいいんだぜ。川柳にもあんだろう。秋刀魚が出ると按摩《あんま》が引っこむ、とな。ぬへへ、どうでえ、おもしれえか」

綾乃も静も子供のように、けたけた笑っている。

「笑え、もっと笑え。腹の子にゃ笑うのが一番だ」

がははと、仁徳はのどちんこをみせた。

何やら、また腹が立ってくる。

藪医者はとっておきの下り酒を呑み、顔を赤くしていた。

くそっ、勝手に吞みやがって。

胸のなかで悪態を吐《つ》いていると、綾乃に差し招かれた。

「父上、こちらへ。今、九十九里の秋刀魚をお焼きいたします」

七輪《しちりん》に炭を入れようとする。

静が甲斐甲斐しく手伝った。

仁徳は「顔もみたくない」と漏らすほど静を嫌っていたはずなのに、三人で和気藹々《あいあい》とやっている。勘兵衛は不思議な気分だった。

「ほれ、辛気臭え面をするんじゃねえ。綾乃はな、おめえが落ちこんでやいめえかと心配えして、わざわざ来てくれたんだぜ」

やはり、そういうことか。

勘兵衛は歩みより、仏頂面で吐きすてる。

「塩だ。浄《きよ》めの塩を持ってこい」

綾乃よりも早く、静がつっと立った。

「ふん、偉そうに」

仁徳は赤い鼻を鳴らし、秋刀魚に擦《す》りつけた塩をぱっと振ってよこす。

「ほれよ」

「うっ、何しゃがる」

勘兵衛は怒りを爆発させたが、自分でもすぐに大人気ないとおもった。

静に振りかけられた浄めの塩を払い、大小を鞘《さや》ごと抜いて濡縁に座る。

「お着替えは、よろしいのですか」

やんわりと聞いてきたのは、綾乃のほうだ。

長いあいだ、ずっと世話をしてくれた。今は静に遠慮がある。

一方、静はこうしたことに、あまり気がまわらない。慣れていないのだ。教えるのも面倒なので、勘兵衛はそのままにしている。

綾乃は静にわからぬように、悲しげな溜息《ためいき》を吐いた。

おたがいがこんなふうに、気を遣いながら過ごしている。

そこへ、ずかずかと遠慮なく踏みこんでくるのが、先代からの間借り人でもある仁徳であった。

しかし、仁徳の傍若無人ぶりが、ありがたいと感じるときもある。

何より、静と打ち解けてくれたのが、勘兵衛にとってはありがたい。

「まあ、呑め」

注がれた下り酒が、小腸《ひゃくしろ》に沁《し》みる。

秋刀魚がこんがりと、良い色に焼けてきた。

「くよくよすんない。それこそ、寿命の毒ってもんだ。なあ、うぽっぽ。いくら悲しんでも、死んだ者は帰えらねえ。しんみりおくってやるよりか、楽しくおくってやるほうが喜ばれるんじゃねえのか」

それもそうだと、妙に納得できる。

「無常迅速っていう禅の教えもあんだろう。ひとは生まれて死ぬ。ひとの一生なんざ、一瞬の星の瞬きにすぎねえ。ひとつの命が消えてなくなりゃ、新しい命がまた生まれてくる。みてみな、綾乃はもうすぐ、元気な赤ん坊を産むぜ。おめえは爺になる。辛気臭え爺は、孫に嫌われるぜ。のははは」

豪快に笑う仁徳が、赤ら顔の布袋《ほてい》にみえてきた。

「父上、秋刀魚が焼けました」

綾乃が火照《ほて》った顔を向け、静は隣で微笑《ほほえ》んでいる。

勘兵衛は、幸せを感じた。

「ふふ、生きているのも、まんざらじゃあるめえ」

仁徳が、得意気に胸を張った。

五

葉月八日。

対馬屋殺しの探索は遅々として進まず、富沢町に内平竹蔵を訪ねたが、今日も朝から留守だという。釣り竿を担いで向かったさきが三味線堀と聞き、勘兵衛はあらためて秋田藩佐竹家との関わりを邪推した。

内平はきっと、何かを調べているのだ。そんな気がした。

もしかしたら、対馬屋がそれを手伝っていたのかもしれない。

三味線堀に着いたのは八つ刻だった。

何やら、武家屋敷の周辺が騒がしい。

下谷に向かう道すがら気づいていたのだが、今日は末広がりの御礼登城なるお上の行事があり、江戸在府の大名は挙《こぞ》って千代田城へ出向かねばならなかった。

八つ刻はちょうど、大名行列が帰路をたどる刻限にあたっており、登城の煌《きら》びやかさはないものの、それなりの威厳を保った行列が随所で見受けられた。

諸大名は徳川家の末代に渡る繁栄を祝うべく、国許の名産品を献上品に携え、仰々しく登城しなければならない。ゆえに、末広がりの御礼登城は、別名、土産《みやげ》登城とも囁《ささや》かれていた。

たとえば、薩摩《さつま》の島津家ならば和三盆、弘前の津軽家ならば干し鮑《あわび》などの俵物三品、加賀の前田家ならば金細工といった調子でつづく。

佐竹家の献上品が何か、勘兵衛の知るところではないが、名産品として浮かぶのは杉の木と蘭画くらいしかなかった。

背には三味線堀がある。

轉軫橋に鴨はおらず、川淵《かわぶち》で釣り糸を垂れる者もいない。

池畔を少し散策してみたが、内平とおぼしき痩せ浪人のすがたもなかった。

ちょうど、佐竹家の供揃《ともぞろ》えが屋敷へ戻りかけてきたところで、みな、沿道に正座しながら行列を眺めている。

毛槍奴《けやりやっこ》を先頭に立て、大勢の奴や供侍の連なる行列が威風堂々とやってきた。

世に知られた五本骨扇に月丸の家紋がみえると、沿道の人々は「へへえ」と、地べたに額ずいてみせる。

佐竹家の殿は第九代右京太夫義和《よしまさ》、齢《よわい》三十四、在位二十三年と長きにわたって藩主の座にある人物だ。

勘兵衛は少し離れたところから眺めていたが、行列が縦に長すぎて、殿を乗せた網代駕籠《あじろかご》はなかなかみえてこない。

もっと近づいてみようと、足を踏みだしたとき。

――ひぇぇぇ。

突如、鳶《とび》の鳴き声のような悲鳴が聞こえてきた。

首を捻《ひね》れば、野良着姿の男がふたり、行列に向かって駆けていく。

「あれは」

熊佐と与助にまちがいない。

おもわず、勘兵衛は駆けだしていた。

「待て、待たぬか、こら」

掠《かす》れた声で叫んでも、百姓たちは止まらない。

「うひぇっ」

毛槍奴が脇に退《ど》け、陣笠の供侍たちが飛びだしてくる。

柄袋《つかぶくろ》の紐《ひも》を一斉に解きはじめるが、なかなかうまくいかない。

「止まれ、止まりおろう」

朗々とした供侍の声が轟《とどろ》き、百姓たちはつんのめる。

与助が転んだ。
熊佐が助けおこし、ふたりはまた走りはじめる。
「殿様、殿様」
叫びながら、足が勝手に駆けていく。
あやつらめ、駕籠訴をやる気なのだ。
「止まれ、成敗《せいばい》いたすぞ」
ふたりの供侍が柄袋を捨て、柄に手を掛けた。
いずれも、佐竹家きっての遣い手に相違ない。
行列は騒然となり、後方で網代駕籠を担ぐ陸尺《ろくしゃく》たちの震えが伝わってくる。
それでも、百姓ふたりは止まらない。
坂道を転げおちる石ころと同じで、止まりたくても止まることができないのだ。
勘兵衛は、必死に追いかけた。
ところが。
急に差しこみに襲われ、その場に屈《かが》みこんでしまった。
「うぬ……く、くそっ」
人影が背後に迫り、優しげに声を掛けてくる。

「どうなされた。差しこみなれば、これを」

そう言って、黒い欠片《かけら》を口に入れてくれた。

「うげっ」

苦すぎて、声も出ない。

「熊の胆《い》にござるよ」

人影は不敵な笑いを残し、たたたと駆けていく。

顔まではわからない。眺める余裕もなかった。

が、誰かはわかった。

内平竹蔵だ。

勘兵衛は腹を押さえ、顔を亀のように持ちあげた。

「ぬおっ」

内平は走りながら抜刀し、右手一本で斜めに白刃を掲げる。

ほほうと、目を奪われた。

痩せ浪人の雄姿が、神々しいものにみえたのだ。

すでに、身構えた供侍は抜刀している。

面前に迫る熊佐を、一刀両断にする気だ。

「待てい」

そこへ、内平が躍りこむ。

「ぬぎゃっ」

「ふえっ」

悲鳴を発し、ふたりの供侍がもんどりうった。

後ろに控える連中は何が起こったのかもわからず、呆然《ぼうぜん》と立ちつくしている。

助けられた百姓たちでさえ、あんぐりと口を開けていた。

「莫迦者《ばかもの》、逃げろ」

内平は怒鳴りあげ、熊佐の尻を蹴った。

「うひぇっ」

我に返った熊佐と与助は踵《くびす》を返し、必死の形相で逃げだす。

泣きそうな顔で、こちらに向かってくる。

足が空回りしているようだ。

それでも、必死に駆けてくる。

追っ手は来ない。

奴も供侍もみな、藁《わら》人形にみえた。

「お役人、お役人」

内平に呼ばれ、勘兵衛は素っ頓狂な返事をする。

「ほいきた」

腹の痛みは、嘘《うそ》のように消えていた。

「お役人、この者たちをお願いいたす。どうか、逃がしてやってはもらえまいか」

「承知した」

気安く請けあった。

「かたじけない」

内平は丁寧にお辞儀をするや、轉軫橋を渡って逃げる。

「待て、待てい」

ようやく、追っ手のなかから怒声があがり、陣笠の侍がひとりで駆けてきた。

「そこの役人」

高飛車にものを言われ、勘兵衛はむっとする。

「おぬし、あの浪人と知りあいか」

「いいえ」

「ならば、なぜ、捕まえぬ」

「捕まえる理由がござらぬ。だいいち、あの浪人は賊ではない。百姓どもを助けた侍の鑑《かがみ》だ」

「侍の鑑だと。ふん、笑わせるな。まあよい。そこの百姓どもを渡せ」

「お断りいたします」

「なに」

陣笠の侍は、四角い顔に殺意を漲《みなぎ》らせる。

「そやつらは、駕籠訴をやろうとした不届き者じゃぞ」

「そうですか」

「おぬし、百石手鼻の分際で、二十万五千石を愚弄する気か」

「とんでもございませぬ」

「されば、百姓を渡せ。ごちゃごちゃ抜かすな」

「渡せば、どうなります」

「斬首だ。きまっておろう」

「それなら、断じて渡せませぬな。人として」

「人としてだと。されば、役人としてはどうなのだ」

「できませぬ。百姓を渡せば、侍の約定を違《たが》えることになります」

「約定とは、さきほどの浪人との約定か」

「いかにも。百姓たちを逃がしてくれと頼まれ、諾したのでござる。約定を違えるくらいなら、腹を切ったほうがよい。おう、それがよい。どうせ、皺腹《しわばら》でござる。この場で腹を切って進ぜましょう」

勘兵衛は胡座《あぐら》を掻き、着流しの襟を左右にひろげてみせる。

「痩せても枯れても、拙者は幕臣。行列の面前で幕臣に腹を切らせたとなれば、そちらも無事では済みますまい。どういたします」

「うぬ、老獪《ろうかい》なやつめ。もうよい。おぬし、名は何と申す」

「長尾勘兵衛です。南町奉行所の臨時廻りを勤めております」

「長尾勘兵衛か、あとで吠《ほ》え面を掻くなよ」

陣笠の侍はぺっと唾《つば》を吐き、背を向けようとする。

勘兵衛は座したまま、達磨《だるま》大師のように一喝《いっかつ》した。

「お待ちあれ。相手に名乗らせておいて、ご自分は名乗らぬおつもりか」

侍は太い首を捻りかえし、口惜《くちお》しげに吐きすてた。

「佐竹家馬廻役組頭、岩城半九郎《いわきはんくろう》じゃ」

岩城は巌《いわお》のような肩を怒らせ、大股で遠ざかっていく。

佐竹家の行列は何事もなかったかのように、悠然と動きだした。

六

九日は対馬屋の初七日、滞りなく法要も終わった翌朝、勘兵衛は三度の飯よりも好きな朝風呂に浸《つ》かろうと、葺屋町の福之湯へ向かった。

女湯の暖簾を振りわけると、番台に銀次の女房が撫で牛のように座っている。

「おしま、浸からしてもらうぜ」

「あ、旦那、おはようさんで」

「銀次は、まだ寝てんのかい」

「いいえ。ころと散歩に行きましたよ」

「ころってのは、こねえだ拾った子犬か」

「ええ、下谷で辻斬りのあった風の強い晩でした。近くのお稲荷さんのまえで、がたがた震えておりましてね、可哀想《かわいそう》だからと、あのひとが拾ってきたんです。それがまあ、懐《なつ》いちまったら、可愛くてしょうがないらしくて、犬ころ、犬ころって可愛《かわい》がっているうちに、呼び名がころになっちまったんですよ。古女房なんざ、そっちのけ。一日じゅう、ころ、ころって、うるさいったらありゃしない」

「子犬に妬《や》いてんのか。ふふ、おめえらしくもねえな。ところで、女湯は空いてんのかい」

「あら、いやだ。忘れちまってた。薊《あざみ》のご隠居が久方ぶりにみえておりますよ」

「お、そうかい」

「あのご隠居、亡くなったとばっかり。それがまだ、ぴんしゃんしておられました。湯がぬるいってお怒りでね、湯気を掻きわけて見にいったところが、あらびっくり、背中いっぱいに彫りものを背負っておられましたよ」

「そいつは、烏枢沙摩明王《うすさまみょうおう》だ」

「便所の神様じゃござんせんか」

「現世の不浄を掃除してくださるのさ」

「へえ。そうなんですか」

首をかしげるおしまを残し、勘兵衛は板の間へ向かった。

女湯の一番風呂に浸かるのは、八丁堀に住む同心の特権だ。「失せ物は存ぜず」という貼り紙のしたには、勘兵衛だけの刀掛けも置いてある。袖の下は拒んでも、朝風呂の役得だけは拒めない。

ただし、先客があるときは、楽しみもお預けだ。

勘兵衛は急いで着物を脱ぎ、留桶《とめおけ》と糠袋《ぬかぶくろ》を持って流し場を通りすぎた。

朱塗りの柱と箔絵《はくえ》で飾られた破風《はふ》を仰ぎ、ほっと溜息を吐く。

気合いを入れて、石榴口《ざくろぐち》を潜《くぐ》った。

「やっと来やがったな」

濛々《もうもう》と立ちのぼる湯気の向こうから、嗄《しゃが》れた声がした。

「撫で牛の愚痴なんぞ、いつまでも聞いてんじゃねえぞ」

「は」

のっけから叱られ、勘兵衛はしゅんとなる。

薊の隠居はざぶんと湯からあがり、茹《ゆ》であがった顔を差しだした。

あいかわらず、艶《つや》のある若々しい顔だ。

それに、鍛えあげられた筋骨隆々としたからだ。

とても、七十一歳の老人とはおもえない。

勘兵衛は、ぽってりした自分の腹をさすった。

「ほら、ぼけっとするな」

「は」

湯に浸かることも許されず、隠居につづいて石榴口を戻った。

洗い板の一隅に座を占め、湯を張った桶と糠袋を用意する。

背中におわす烏枢沙摩明王が、真っ赤な顔で怒っている。

勘兵衛は糠袋を手にし、明王の顔を磨きはじめた。

「背中を流すのは、いつぶりだ」

「正月の松明け以来かと」

「もう、そんなになるか」

「は」

「ここに来ねえあいだは、てえしたことも起きなかったってわけだな」

「そうでもありませんよ。大雪だの鉄砲水だのと、例年になく天災がつづきましたし、辻斬りや辻強盗はいっこうに減る兆しもございません」

「莫迦野郎、おめえに言われなくてもわかってらあ。ところで、辻斬りといやあ、対馬屋が斬られたそうだな」

「よくご存じで」

「対馬屋惣八は骨のある男だった。お上を相手取り、一歩も退《ひ》かねえ胆の太さを携えていやがった。惜しい男を亡くしたもんだぜ」

「まったくです」

隠居は気持ちよさそうに吐息を漏らし、肝心の用件を切りだした。

「秋田藩佐竹家の次席家老が、わざわざ訪ねてきやがった。くたびれた臨時廻りをひとり、処分してほしいと抜かしやがる。名を聞いてみたら、うぽっぽ、おめえのことだとさ。おぼえはあるか」

「はい。一昨日、駕籠訴におよぼうとした百姓を庇《かば》いました」

勘兵衛は糠袋を握った手を動かしながら、三味線堀で起こった事の一部始終を説いた。

「なるほど、そういうことかい。おめえはわるくねえな。百姓を助けた浪人に頼まれ、承知したんだ。約定を破ったら、武士の一分が立たねえ。うん、どう考えても、おめえはわるくねえ」

しかし、秋田藩から公式に依頼があったとなれば、捨てておくこともできまい。

「いいや、捨てておけばいい。あの野郎、どうも気に食わねえ」

「あの野郎とは」

「次席家老の船越大膳《ふなこしだいぜん》とかいう五十手前の若造さ。平目《ひらめ》顔のくせして、食えねえ野郎でな。ありゃ、かなりの悪党だぜ」

五年前まで、船越は勘定吟味役に任じられていた。が、藩内の権力争いで勝った側に付いていたので、異例の出世を遂げることができたらしい。

「平目のことはさておき、対馬屋を斬った下手人は捜してんのか」

「は。じつは、佐竹家の一件で百姓を助けた浪人を調べております」

かいつまんで説明すると、蓟の隠居は深々と溜息を吐いた。

「何やら、因縁《いんねん》めいたはなしじゃねえか。どのみち、対馬屋を斬ったな、辻斬りじゃなさそうだな。ひょっとしたら、秋田藩とのからみで消されたのかもしれねえ」

五年前の権力争いに関わりがありそうだと、隠居は長年の経験から指摘する。

「こいつは骨の折れそうな一件だぜ。若えやつにゃ、ちと荷が重いかもな」

「はあ」

「臨時廻りってのはよ、江戸の裏事情に精通し、清濁併せのむ器量を備えた人物じゃねえとつとまらねえ。こういったときに真価を発揮するのが、うぽっぽ、おめえなのさ。突っこんで調べてみな。壁にぶちあたったら、おれを頼ればいい」

「はは。何よりのおことばにござります」

お辞儀をした途端、額がぺたりと背中に付いた。

「うえっ、何やってやがる」

「は、申し訳ござりませぬ」

「手を休めるんじゃねえ。もっと、ごしごしやれ。江戸の垢《あか》もよ、そうやってこそぎおとすんだ。さもなきゃ、暮らしやすい世の中なんぞ、百年経ってもやってこねえぜ」

「はい」

烏枢沙摩明王が火を噴くほど、勘兵衛は懸命に擦《こす》りつづけた。

「ひい、痛え。痛えけど、気持ちいいぜ」

もはや、言うまでもあるまい。

薊の隠居とは南町奉行、根岸肥前守鎮衛《ねぎしひぜんのかみやすもり》のことにほかならなかった。

七

同夜。

鼠《ねずみ》に齧《かじ》られたような十日の月が、夜空に煌々《こうこう》と輝いている。

勘兵衛は、板橋宿の「みのや」という旅籠《はたご》にいた。

「もうすぐ、中秋か」

板橋から眺める月は、高輪や品川の縄手に沿った宿から愛《め》でる月よりも、心なしか小さくみえる。

狭い部屋には、三人の男がいた。

隅で縮まっているのは、熊佐と与助だ。

名主の庄左衛門は、米搗《つ》き飛蝗《ばった》のように謝ってばかりいる。

「このふたり、だいそれたことをしでかしてくれました。なぜ、駕籠訴をやる気になったのか。理由を問うても、しかとはわからぬと申します。ただ、対馬屋のご主人に申し訳ないと、それればかりを繰りかえし」

殊勝な心懸けではないかと、勘兵衛はおもった。

若いふたりは、命懸けで何かをやらねば気が済まなかったのだ。

なかなかできることではない。百姓ながら天晴《あっぱ》れと褒めてやりたいところだが、名主には聞きたいことが山ほどあるので、余計なことは喋らないにかぎる。

「何はともあれ、おかげさまで、ふたりは命拾いをいたしました。お礼の申しあげようもござりませぬ」

「だから、何度も言うとおり、助けたのはおれじゃねえ。内平竹蔵っていう浪人だ」

「内平さまというお方は、なにゆえ、命を賭《と》してまで救ってくだすったのでしょう」

「本人に聞いてくれ」

「それができれば、よいのですが。対馬屋さんの初七日も終わりましたし、わたしらは国許へ帰らねばなりませぬ」

「なぜ、帰える。秋田藩の追っ手を案じているなら、心配えするな。そっちはカタがついた」

「しかし」

「しかしもくそもあるかっ。だいいち、志なかばじゃねえか。村の連中は、首尾を待ち焦がれているはずだぜ。これで帰えったら、合わせる顔がなかろう」

庄左衛門は困った狸《たぬき》のような顔をつくり、口を尖《とが》らせる。

「仰るとおりですが、もはや、路銀の底もみえました。何よりも、対馬屋のご主人があのような最期を遂げられた。ご存じのとおり、公事宿の旦那衆がすべて善人とはかぎりません。なかには、宿代だけを搾《しぼ》りとって何もしない連中もいると聞いております。正直、対馬屋のご主人以外に、公事をお願いできるお方は江戸におりません」

「おきたがいる」

「おきた」

「対馬屋の内儀だよ。ああみえて、しっかりした商人だ。五年のあいだに、公事のやり方もきっちりおぼえこんだ。旦那に鍛えられたのさ。おきたにまかせておきゃ、心配えはいらねえ」

「所詮は、おなごです」

「莫迦たれ、公事に男も女もねえ。要は、ここだ」

勘兵衛は、どんと胸を叩いた。

「心意気なんだよ。おめえらの惨状をちゃんとわきまえ、どうしたらお上に訴えを取りあげてもらえるか、おきたなら良い智恵を捻りだすにちげえねえ」

「されど」

「待ちやがれ。金輪際、されどは言わせねえぜ。そこまで頑《かたく》なになるんなら、言ってやる。対馬屋は秋田藩との関わりで斬られた。とすりゃ、どうする」

「まさか。そのようなことが」

「あるかもしれねえから、こうしてわざわざ、板橋くんだりまで引きとめにきたんじゃねえか。おめえらには、まだ聞きてえことがあるんだよ」

「困りましたな」

「困ってんのは、こっちのほうだ。いいから、頭を冷やして考えてみな。対馬屋惣八に斬られる理由があったのかどうか。そいつを聞かねえことにゃ、秋田に帰えさねえぞ」

庄左衛門は顔を曇らせたが、熊佐と与助は瞳を輝かせている。

やはり、若いふたりは、志なかばで帰りたくないのだ。

名主に説得され、嫌々ながら、ついてきたにすぎない。

突如、庄左衛門が、ぱしっと膝を叩いた。

「内平竹蔵という名に、おぼえがござります」

「お、そうか」

「いえ、すみません。まちがいました」

「おいおい、しっかりしてくれ」

「わたしの存じあげる方は、蔵竹平内《くらたけへいない》さまでした」

「蔵竹平内」

内平竹蔵と、どこが似ているというのだ。

そらで綴《つづ》りを浮かべ、勘兵衛ははっとした。

「ちょっと待て。蔵竹平内と内平竹蔵、ひっくり返えせば、同じ名じゃねえか」

「あ、ほんとうだ」

「こいつが偶然とはおもえねえ。名を変えたんだ。ふたりは同じ人物だぜ」

「どうやら、そのようですな」

庄左衛門は、じっと考えこむ。

「やはり、あのときのご浪人が平内さまであったか」

「あのときとは」

「通夜の晩、よく似た方をお見掛けしました」

「灰を撒《ま》きちらした痩せ浪人だろう」

「そうです。あまりに窶れてしまわれたので、見間違ったのかとおもい、追いも捜しもしませなんだが、あの方が平内さまなれば、お伝えせねばならぬことがございます」

「何だ、それは」

「ご妻女の佐保《さほ》さまと、ご子息の陽太郎《ようたろう》さまが故郷を捨て、半年前から、この江戸でお暮らしに。平内さまの出奔なされたご事情をお知りになり、矢も楯《たて》もたまらず、追ってまいられたのでござります。わたしめ、江戸でのお住まいも存じております。どうしても、このことを平内さまにお伝え申しあげねばなりませぬ」

勘兵衛は、ごくっと唾を呑みこんだ。

予想以上に、こみいった事情がありそうだ。

「名主どの、すまねえが、一から順に説明してくれ」

「はい。わたしのわかることなら、何なりとお聞きください」

「それじゃ、まず、おめえと蔵竹平内の関わりだ。そいつを教えてくれ」

蔵竹平内は、すでに亡くなった元国家老、横手帯刀《よこてたてわき》の入り婿であった。

庄左衛門は仙北郡六郷村の名主だが、横手帯刀が遁世した終《つい》の棲家で家守もしていたのだという。

半年前、横手帯刀は死の際で、愛娘の佐保と初孫で七つの陽太郎を枕元に呼びよせ、婿である平内が出奔した事情を語ってきかせた。そのとき、部屋の隅に控えることを許されたのが、庄左衛門であった。

そもそも、平内は藩内随一の遣い手で、藩主警護の馬廻役に任じられており、城下屈指の人気を誇る神道無念流の島田道場では師範代を任されていた。将来を嘱望された若侍が当時の国家老である横手帯刀の目に留まり、さらに、愛娘の恋心を射止めることになったのだ。

ところが、幸福は長くつづかず、平内は藩内の権力争いに巻きこまれる恰好で出奔を余儀なくされた。横手の姓を返上して蔵竹に戻り、妻子には「死んだとおもえ」と言いのこして、卒然と故郷をあとにした。

薊の隠居も指摘したとおり、五年前、筆頭家老の横手帯刀と次席家老の赤松弾正《あかまつだんじょう》とのあいだで権力争いがあった。そのとき、赤松の懐刀として暗躍したのが、勘定吟味役の船越大膳にほかならない。

赤松弾正が横手帯刀を蹴落として、筆頭家老の地位に就けるのかどうか。

藩士たちの注目はその一点に集まったが、おおかたの予想を覆し、赤松弾正は勝ちを得た。船越を通じて膨大な軍資金を手にし、合議制のもとに藩政を司《つかさど》る重臣たちにばらまいたからだった。

背景には、重臣の若返りをはかりたいという藩主の意向もあったらしい。ほどもなく、船越大膳は赤松弾正に引きあげられ、重臣の列にくわえられた。藩内一の切れ者と目されていたので、さしたる抵抗もなく、異例の出世を遂げたのである。

やがて、船越は赤松をも凌駕《りょうが》する実力を発揮しはじめた。そして、赤松が頓死した今や、次期筆頭家老との呼び声も高い。すべては、横手帯刀を排斥した五年前から、企てられていたことであった。

「勘定吟味役は、いわば藩財政の金庫番でござります。大きい声では申せませぬが、当時の船越さまには、よからぬ噂がござりました」

公金をちょろまかして着服したのではないかとか、御用商人に膨大な賄賂を要求して資金を用立てたのではないかとか、さまざまな臆測が囁かれ、事実、目付による厳正な取調もおこなわれたという。

「されど、船越さまの周囲からは、何ひとつやましいことは浮かんできませんでした。それでも、元御家老の横手帯刀さまは、あきらめきれなかったのでござります」

入り婿の平内に向かい、藩を捨てて隠密となり、船越の悪行を探るよう、命じたのだという。

「それが出奔の理由か」

「はい。横手さまは今わの際《きわ》に、涙ながらに告白なされました。すべてを語り終え、泣きながら謝っておられましたが、やがて、眠るように逝ってしまわれたのです。おもいだすだに、嘆かわしゅうございます。遺《のこ》された佐保さまと陽太郎さまのお気持ちはいかばかりか、それをおもうと……」

平内も家族も、権力争いの犠牲にされたとしか言いようがない。

庄左衛門は興奮の醒《さ》めやらぬ顔で、膝を躙りよせてくる。

「長尾さま。対馬屋のご主人は、秋田藩との関わりで斬られたと仰いましたな。めったなことは申せませぬが、おもいあたる節がござります」

「聞こう」

「対馬屋さんは、胸乳の下を横一文字に斬られておりました」

「ふむ、そうだ」

「わたしも以前、少しばかり、剣術の手ほどきを受けたことがございます」

「なるほど」

「じつは、同様の手口で謎の死を遂げた商人がおりました」

出羽屋幸三郎、秋田藩御用達の薬種問屋であったが、半年前、城下で辻斬りに遭ったという。

勘兵衛は、身を乗りだした。

「誰か、子守歌を聞いた者はおらぬか」

「子守歌、何ですかそれは」

「いや、よいのだ。つづけてくれ」

「はい。今にしておもえば、胴を横一文字に斬った技は、さざ波斬りではないかと」

「さざ波斬り、それは」

「神道無念流の奥義にござります。さざ波斬りを使うことのできる達人は、わたしの知るかぎり、藩内にふたりしかおりません」

ひとりは蔵竹平内、そして、もうひとりは岩城半九郎だと聞き、勘兵衛は小鼻をぷっとひろげた。

「岩城半九郎とは、馬廻役の組頭か」

「さようです。熊佐に聞きました。駕籠訴の際、長尾さまに詰めよった陣笠の供侍がおったと。その御仁です。岩城さまは、船越家の用人頭でもあられる。船越さまから全幅の信頼を受け、今や、飛ぶ鳥をも落とすほどの勢いだとか」

かつて、蔵竹平内と岩城半九郎は島田道場の竜虎と称され、鎬《しのぎ》を削った仲だという。

「なるほど、それでか」

勘兵衛は、じっくり頷《うなず》いた。

岩城はあのとき、蔵竹平内を見定めたのだ。

それゆえ、知りあいかどうかを問うてきた。

もしかしたら、平内は何かの秘密を摑《つか》んでいるのかもしれない。

岩城に思いあたる節があれば、平内の命を狙おうとするだろう。

この江戸で、竜虎が相見《あいまみ》える公算は大きい。

「まさか、村の惨状を訴えにまいったさきで、このような偶然に出遭うとは。いや、これは偶然ではない。亡くなった対馬屋のご主人が導いてくれたのでしょう。ええ、きっと、そうにきまっている。南無阿弥陀仏、南無阿弥陀仏」

かりに、岩城半九郎が対馬屋殺しの下手人だとすれば、臨時廻りの手に余る一件だと言わざるを得ない。背景には、想像以上に深い闇がある。

それを、あばくべきかどうか。

勘兵衛には、一抹の迷いが生じていた。

八

対馬屋惣八の無念を晴らす。
その一点で突きすすまねばならぬ。
勘兵衛は気力を奮いおこし、事の真相を突きとめるべく動きだした。
まずは何をさておいても、蔵竹平内に逢わねばなるまい。
段取りをつけてくれたのは、五両一の安吉だった。
「旦那に頼まれりゃ、いやとは言えねえ」
中食を済ませた未《ひつじ》ノ刻になれば、蔵竹平内を連れてくるにちがいない。
呼びつけたところは、撫で牛が番台に座る福之湯だ。
客が寛《くつろ》ぐ二階の広間から梯子《はしご》を登ると、秘密の屋根裏部屋がある。
勘兵衛は部屋の窓際に座り、魚河岸に行き交う人々を眺めていた。
――くん、くんくん。
膝に抱いた子犬が、鼻を寄せてくる。
茶の信濃《しなの》犬で、つぶらな瞳がたまらない。

「ね、可愛いもんでやしょう」

銀次が返してもらいたそうに、近づいてくる。

勘兵衛は無視をきめこみ、子犬の頭を撫でた。

「ころか、よしよし。へへ、おれに懐いてやがる」

「旦那、残念ながら、その野郎は誰にでも尻尾を振りやす」

「そうかい。ま、しょうがねえ。それが身過ぎ世過ぎってもんだ」

「甘やかすと、小便を垂れますぜ」

「おっと、そいつは勘弁だな」

ひょいと手渡すと、老練な岡っ引きは目をとろんとさせた。

下から、おしまが声を掛けてくる。

「ちょいと、おまえさん、お客人がお見えだよ」

「おう、あがってもらえ」

銀次はちっと舌打ちし、梯子のそばで身構える。

五両一を毛嫌いしているのだ。

「あの海坊主め、俠気があるといっても、所詮は高利貸しでやしょう。しかも、女衒の真似事もやっていやがる。そんな野郎に恩を売られたら、十手持ちなんざつとまりやせんや」

「銀次、もっと気楽にかまえたらどうだ。安吉に恩を売る気はねえさ。おれがそんな野郎と付きあうとおもうか」

「そりゃまあ、そうですがね」

二階から、安吉の野太い声が掛かった。

「おやっさん、安心しな。おれはそっちに行かねえよ。ここで帰えらしてもらうぜ」

梯子が軋《きし》み、こざっぱりした痩せ浪人が登ってきた。

「おや、無精髭《ぶしょうひげ》を剃《そ》りなすったね」

勘兵衛が笑いかけても、浪人は仏頂面のままだ。

部屋をぐるりとみまわし、銀次が胸に抱いた子犬に目を留める。

「へへ、可愛いでしょう。捨て犬でね。ころってのが、こいつの名でさあ」

浪人はゆっくり近づき、銀次に両手を差しだした。

「すまぬが、抱かせてくれぬか」

「え、いいっすよ」

子犬は浪人に抱かれ、尻尾を振りはじめる。

「同類相憐れむか。ま、そこに座ってくれ」

勘兵衛に促され、浪人は窓のみえる位置に座った。

「平内さんとでも呼ぶかな。おめえさん、蔵竹平内っていうんだろう。変えるんなら、もうちょっと、ましな名にしたほうがよかったんじゃねえのか」

「庄左衛門に聞いたのか」

「おっと、気づいていたのかい」

「対馬屋の通夜に来ておったからな」

「おめえさんは、百姓たちをそれとなく見張っていた。それで、三味線堀の騒動に出くわしたってわけだ。お荷物を預けられたせいで、ずいぶん迷惑をこうむったぜ」

「おぬしは、うまく切りぬけてくれた。礼を言わねばなるまい」

平内は襟を正し、ぺこりと頭をさげる。

「礼にはおよばねえ。聞きてえのは、対馬屋を斬った野郎のことだ」

「察しはついておるのだろう」

「まあな」

勘兵衛は窓外をみやり、静かに子守歌を口ずさむ。

「寝ね子どご負って夜の道、白神さんまでござっしゃたけれど、山毛欅の林に棲む鳥が帰えれ帰えれと鳴きわめく」

「ど、どうして、その歌を」

「下手人が歌っていやがったのさ。おめえさんもご存じのはずだな」

「ふむ」

平内はしばし黙り、遠い目をした。

「国許で通っていた道場の隣に、下士の家族が住む貧乏長屋があってな、顔も知らぬご新造がいつも子守歌を歌っていた。子守歌がやむと、赤子の泣き声が聞こえてな。わしらはいつのまにか、その子守歌を口ずさみながら、木刀を振りこむようになった。やがて、ご新造は引っ越したか、あるいは死んでしまったか、さだかではないが、子守歌は聞こえなくなった。それでも、わしらはその歌を口ずさみ、来る日も来る日も厳しい稽古に励んだ。若い時分のはなしだ」

「わしらと言ったな。相手は岩城半九郎か」

「そうだ」

「岩城とは鎬を削った仲なんだろう」

「ふむ。半九郎に私怨はない。あやつは命じられて、人を斬ったにすぎぬ」

「侍えってのは、命じられれば、人を斬ってもいいのかい。へへ、そいつは便利な生き物だぜ」

勘兵衛の皮肉が、平内の胸に響いたようだ。

「誤解せんでほしい。半九郎を許す気はない。対馬屋のご主人には、ことばでは尽くしがたいほどの恩がある」

「どんな恩だ。聞かせてくれ」

「すまぬ。今は言えぬ」

「なぜ」

「おぬしは、幕府の役人だ」

「信用できねえってのか」

「おぬしは、からだを張って百姓たちを助けてくれた。俠気の持ち主だということはわかっている。されど、わしはこれまでに、ひとを信じたおかげで数々の辛酸を舐めさせられた。ゆえに、誰であろうと、信じることはできない。すまぬ、このとおりだ」

平内は子犬を手放し、床に両手をついた。

頭は下げても、からだには殺気を漲らせている。

勘兵衛は横を向き、ふうっと溜息を吐く。

「手をあげてくれ。はなしたくねえなら、それでいい」

「かたじけない。で、半九郎をどうする」

「しょっ引くしかねえな」

「少し、待ってくれぬか」

「待たぬでもねえさ。三味線堀に大物がいるんならな」

「いる。そやつを釣りあげる策を練っているところだ」

「下手な考え休むに似たりだぜ」

「わかっておる」

「仕方ねえ。ただし、何かやるときはかならず、声を掛けてもらうぜ」

「わかった。約束しよう」

平内の五体から、すうっと殺気が消えた。

勘兵衛は眉間《みけん》の黒子《ほくろ》を撫でながら、じっと睨《にら》みつける。

「おめえさん、おれが承知しねえときは、おれを斬る気だったんじゃねえのか。何も、そこまで自分を追いこむことはねえ」

「おぬしにはわからぬ。この惨《みじ》めなおもい、口惜しさ」

平内は拳を握りしめ、床をどすんと叩いた。

痛みで我に返ったのか、ころを探そうとする。

ころは銀次の膝ではなく、隅の暗がりに蹲っていた。

平内はどうしたわけか、ころをみつけることができない。

目を細め、部屋じゅうを舐めるように探しまわっている。

通夜の晩、灰を畳にばらまいたときの狼狽《ろうばい》ぶりが、勘兵衛の脳裏を掠めた。

「おめえさん、もしや、目を病んでいるのかい」

水を向けると、平内は淋《さび》しげに頷いた。

「ご指摘のとおりだ。近頃、とみにひどくなった。夜目がまったく利かぬ。日のあるうちでも、暗がりでは盲目も同然だ。それゆえ、急がねばならぬ。すべてが闇に閉ざされるまえに、本懐を遂げねばならぬ」

「すべてが闇に、か。平内さん。本懐を遂げたら、そのさきはどうする」

「考えてもおらぬ」

生きる張りあいを無くしてしまうにちがいない。

「ま、さきのことは考えてもしょうがねえか」

平内のあたまのなかは、為《な》すべき事を為すのだという執念だけで占められているようだった。

今は、そっとしといてやろう。

江戸にいる妻子のことを伝えるべきではないと、勘兵衛は判断した。

九

翌日。

おきたが八丁堀の家を訪ねてきた。

「旦那に、折りいっておはなしが」

「まあ、入《へ》えれ」

「いえ、こちらでけっこうです」

おきたは上がり框《かまち》に尻を引っかけ、携えてきた風呂敷包みを解こうとする。

静も水天宮へ願掛けにいって留守だし、無理強いはすまいとおもった。

包みのなかから、菓子折大の塗箱が取りだされた。

「旦那、上蓋《うわぶた》の家紋をご覧くださいまし」

「ん、五本骨扇に月丸。佐竹さまの家紋じゃねえか」

「そうなんです。この箱が蔵の隅から出てまいりました」

「蔵の隅から」

「たぶん、夫が隠していたものではないかと。佐竹さまとは縁もゆかりもないものですから、何やら薄気味悪くて。それで、旦那にご相談をと」

勘兵衛は高鳴る動悸を鎮め、抑えた口調で問うた。

「蓋は開けてみたのか」

「いいえ、恐くて開けられたものじゃござんせん」

「よし、開けてみよう」

「お願いします」

静かに上蓋を開けてみると、綿の敷きつめられたなかに、干涸《ひか》らびた黒いものが埋まっていた。

「臍《へそ》の緒」

と、おきたがつぶやく。

「似ていなくもねえが、ちと黒すぎる。それに、艶もあるぜ」

勘兵衛は黒いものを摘みあげ、光に翳《かざ》してみた。

指に付いた粉を、何気なしに舐めてみる。

「苦っ……こいつは、どっかで舐めたことがあるぞ」

「旦那、箱の底に短冊が。何か書いてござります」

「どれどれ。御献上品れんげ胆、か」

「お薬でしょうか」

「お、そうだ。おもいだした。熊の胆だ。こいつを舐めたら、腹の痛みが嘘のように消えたのさ」

「わたしも、おもいだしました。もう、ずいぶんむかしのはなしですが、癪《しゃく》で苦しんでいたとき、爪の垢ほどの粒を夫が舐めさせてくれたのです。途端に痛みは消えました。夫は笑って『それは熊の胆のなかでも、とりわけ貴重なものでな、冬眠した熊からしか得られない。公方さまでも、なかなか舐められぬ代物だぞ』と、たしか、そんなふうに申しました」

「佐竹家の家紋に熊の胆か」

ひょっとすると、末広がりの土産登城で秋田藩から献上された品は、熊の胆だったのかもしれない。しかも、れんげ胆なる貴重な胆だ。

「れんげって、不忍のお池に咲く蓮《はす》のことでしょうか」

「かもな」

極楽浄土に咲くという蓮華《れんげ》に因《ちな》み、呼ぶようになったのかもしれない。

それにしても、対馬屋がなぜ、献上品を隠し持っていたのであろうか。

ふたりの疑念は、その一点に立ちもどる。

勘兵衛は黒い光沢を放つ塗箱を、ひっくり返してみた。

底板が一枚抜け、二重底のなかから、黄ばんだ文がぱらりと落ちてくる。

「まあ」

おきたは口を押さえ、勘兵衛が文面を黙読するにまかせた。

「これは五年前の礼状だぞ。差出人は秋田藩勘定吟味役の船越大膳、礼状を貰ったのは薬種扱いの御用商人だな。ん、出羽屋幸三郎か。どこかで聞いたことがあるぞ」

おもいだした。名主の口から漏れた名だ。

「その方なら、存じております。半年余りまえに江戸へみえられ、三日ほど対馬屋に滞在なされました」

「まことかよ」

「何でも、夫が若い時分に、江戸で同じ釜の飯を食った仲間だとか」

「出稼ぎ人だったのか」

「はい。夫は『自分は江戸で公事宿を成功させたが、出羽屋さんは故郷に帰って薬種を手広く扱い、自分を遥かに凌《しの》ぐ立派な御用商人になられた。それが嬉しくてたまらないのだ』と、涙ぐんでおりました。ところが、出羽屋さんは故郷に戻られてほどなく、不慮の死を遂げられたのです。夫の悲しみようは尋常なものではなく、数日は食事もろくにのどを通らないほど、憔悴《しょうすい》しきってしまいました」

出羽屋幸三郎は江戸へやってきた際、熊の胆と礼状の収められた塗箱を対馬屋に託したのだ。

なぜであろうか。

自分の命を守るための手札にしたかったのではあるまいかと、勘兵衛は臆測した。

何処《どこ》の藩かは忘れたが、献上品の横流しで巨利を貪《むさぼ》った重臣がいるというはなしを聞いたことがある。船越大膳は「金庫番」という立場を利用し、献上品である貴重な熊の胆を掠めとり、闇の市場で売りさばいていた。それゆえ、莫大《ばくだい》な軍資金を蓄えることができ、横手帯刀を筆頭家老の座から引きずりおろす企てを成功させたのだ。

出羽屋は一代で築きあげた新興商人だった。まっとうな商売だけしていても、三段跳びの飛躍はできない。そこに目をつけた船越が、御用商人の地位と引換に汚れ仕事をやらせたことは充分に考えられる。

いけないこととは知りつつも、出羽屋は引きうけてしまった。船越が出世を果たしてからも、献上品の横流しに汗《や》を流したのだろう。一方では、いつも罪の意識を感じていた。そして、あるとき、もう止《や》めさせてほしいとでも願いでたのだ。そのことが命を縮めるきっかけになった。

蔵竹平内とも、いずれかの機会に通じていたのかもしれない。

懇々と説得され、すべての罪を白日の下に晒《さら》す覚悟をきめたのだ。

覚悟は実らず、出羽屋は斬られた。

そして、同じ手口で、対馬屋も斬られた。

対馬屋にしてみれば、とばっちりではないかと、勘兵衛はおもった。

いや、そうではない。

俠気のある対馬屋のことだ。出羽屋の苦境を知り、ひとはだ脱ごうと決意したのかもしれない。

対馬屋は江戸の受入先となり、船越大膳の不正を探る平内とも裏で通じるようになったのだろう。天涯孤独の平内にとってみれば、対馬屋だけが頼みの綱だった。

勘兵衛は想像を膨らませ、そうした大筋を描いてみせた。

大きく外してはおるまい。

となれば、船越大膳こそが宿敵ということになる。

相手は大藩の筆頭家老をも狙うほどの大物だ。

なぜか、笑いが込みあげてくる。

「旦那、何が可笑《おか》しいんです」

おきたが、小首をかしげた。

「おれにだって、わからねえさ。ひょっとすると、こりゃ、武者震いみてえなものかもしれねえ」

勘兵衛は不敵な笑みを漏らし、手にした熊の胆をぺろっと舐めた。

十

葉月十五日。

三味線堀を見下ろす沿道には、大勢の見物客が押しよせている。

大半の者は、これから何が起きるのかもわかっていない。

――秋田藩佐竹家の行列で何かが起こる。

誰の口からひろまったのか、噂を信じて、物見高い連中が早朝から集まってきた。

沿道の一角には、黒羽織を纏《まと》った勘兵衛のすがたもある。

後ろには、子犬のころを抱いた銀次と、五両一の安吉が控えていた。

そして、かたわらには、茶羽織を引っかけた白髪の老人がいる。

薊の隠居であった。

正体を知る者は、勘兵衛しかいない。

「おもしれえ見世物があるって言うから、来てやったぜ」

と、うそぶく隠居は、勘兵衛から事のあらましを聞いている。

それもあって、どことなく落ちつかない様子なのだ。

佐竹屋敷の正門前には、毛槍奴や挟み箱持ちが待機していた。

やがて、正門がひらき、厳めしい供侍の一団につづいて、背の高い陸尺たちに担がれた網代駕籠が登場した。

「殿様のおでましだぜ」

群衆がざわめいた。

行列が悠然と動きだす。

「下にい、下に」

沿道の見物人たちは、好奇の目で行列を注視した。

と、そのとき。

正門から一町ほど離れた辻陰から、白装束の侍がひとり飛びだしてきた。

「お、あれをみろ」

安吉が指を差した。

侍は前屈みになり、往来のまんなかを軽快に駆けてくる。
蔵竹平内であった。
「ふへへ、あの野郎、ただ者じゃねえとおもっていたぜ」
雇い主でもある海坊主の安吉が、自慢げに胸を張った。
その目前を、平内は脇目も振らずに過ぎていく。
「いってえ、何をする気だ」
見物人たちは、固唾《かたず》を呑んで見守った。
一方、行列の連中は、呆気《あっけ》にとられている。
こんどの相手は百姓ではない。腰に大小を帯びた侍だ。
奴どもは騒然とし、供侍たちがぱらぱらと躍りでてくる。
網代駕籠は後方で、立ち往生していた。
平内は息も切らさず、たたたと駆けていく。
そして、毛槍奴の至近まで迫ったとき、足を止めてその場に座りこんだ。
大小を鞘ごと抜いて右脇に置き、恭順の意をしめす。
威儀を正し、あたふたする供侍たちを睨みつけた。
あたりが、しんと静まりかえった。

頃合いよしと踏み、平内は臍下丹田《せいかたんでん》に力を込める。

「元馬廻役、蔵竹平内にござります。佐竹右京太夫義和さまに、お聞きとどけいただきたき儀、これあり」

よどみなく、破鐘《われがね》のごとき大音声を発した。

「次席家老、船越大膳は国を滅ぼす奸臣《かんしん》なり。これに確乎たる証拠《あかし》がござる」

黒光りしたれんげ胆を懐中から取りだし、高々と掲げてみせる。

供侍の後方から、野太い声が掛かった。

「黙りおろう。食い詰め者め。血迷うたか」

ほかならぬ、岩城半九郎であった。

「狼藉者《ろうぜき》め。わが殿のご登城を阻む気か。斬って捨てるゆえ、覚悟いたせ」

ずらりと、白刃が抜かれた。

もとより、死は覚悟のうえ、平内は微動だにしない。

遠くで眺めている勘兵衛の肩にも、ぐっと力がはいる。

駕籠訴をやるとは聞いていていたし、いちどは止めてもいたが、ほかに存念を伝える代案も浮かばず、五分五分の率に賭けるしかなかった。

だが、岩城半九郎の形相をみれば、あっさり斬られて終わるような気もする。

「早まったか」

と、勘兵衛は苦しげにつぶやいた。

刹那、子犬のころが、銀次の腕から飛びおりた。

一目散に沿道を駆けぬけ、きゃんきゃん吠えながら、平内のほうへ向かっていく。

「ころや、ころや」

銀次が情けない声を漏らした。

「まいる」

岩城にすれば、子犬など眼中にない。

白刃を八相から、大上段に構えなおす。

「覚悟」

斬りさげた。

やにみえたとき、ころがぴょんと跳んだ。

平内の脇に着地し、膝のうえに乗ったのだ。

「待て……っ」

行列の背後から、疳高《かんだか》い声が掛かった。

岩城のからだが、金縛りにあったように動かなくなる。

待てと発したのは、駕籠の主にほかならない。

藩主の意志を携えた小姓が、滑るように駆けてきた。

「岩城どの。御意にござる。刀を収められい」

「な、なぜじゃ」

「控えよ。理由を問うて何とする」

「ぬう……くそっ」

岩城は血が滲むほど唇を嚙《か》み、白刃を納めてかしこまる。

小姓は威厳を繕い、平内に向きなおった。

「無礼者め、聞くがよい。本来なら、問答無用で斬るべきところじゃ。されど、わが殿は子犬に免じて、お許しになられた」

「子犬に免じて」

「さよう。身を挺《てい》して主人を守ろうとする、子犬の献身ぶりに、御心を動かされたのじゃ」

平内は、くいっと顎《あご》を突きだす。

「子犬のことはさておき、拙者の訴えはお聞き届けいただけましたでしょうや」

「それ以上は申すな。わが殿のお気持ちを考えよ」

子犬の献身ぶりに託《かこつ》けて、命を救ってくれるつもりなのか。

少なくとも、平内はそう察した。

これ以上粘って、藩主の好意を無にするわけにはいかない。

小姓は片膝を折り、周囲に聞かれぬように囁いた。

「おぬしは運がよい。ときをあらため、屋敷へまいるがよかろう。仕官の道も、かなうやもしれぬぞ」

もとより、仕官などする気もない。

敵の悪事をあばいておいて、自分だけいい目をみようなどと、そんなすけべ心は微塵《みじん》もなかった。

「去るがよい」

「へへえ」

平内は平伏し、すみやかに沿道へ退いた。

行列はまた、何事もなかったように動きだす。

岩城の歯軋りが、聞こえてくるようであった。

いつのまにか、子犬のころは小姓の手に抱かれている。

網代駕籠の扉が開き、白い両手がぬっと差しだされた。

子犬のころは、小姓から殿様へと手渡されていく。

銀次が隣で、泣きべそを搔きはじめた。

「ころや、ころや」

悪夢でもみているような顔だ。

いずれにしろ、ころは平内の命を救ってくれた。

「のはは、一番手柄は犬っころだぜ」

薊の隠居は豪快に笑い、勘兵衛の肩をぽんと叩いた。

十一

同日午後。

江戸じゅうの八幡神社では、昨晩から祭りがつづいている。

小鳥を空に放ち、亀や鰻《うなぎ》を川に放つ放生会《ほうじょうえ》も重なって、どこもかしこもざわめいているなか、勘兵衛は秋田藩次席家老の船越大膳に面談を求めた。

じつは、数日前から申し入れてあったもので、南町奉行根岸肥前守鎮衛の使者という触れこみゆえに、相手も無下に断ることはできなかった。

面談の場所は本所十間川の東、亀戸村《かめいど》の田圃に囲まれた秋田藩の下屋敷にて取りおこなわれた。

奥まった八畳間でしばらく待たされ、蟬《せみ》の鳴き声を聞きながら微睡《まどろ》んでいると、襖《ふすま》が乱暴に開けられ、恰幅《かっぷく》のよい重臣があらわれた。

猪首《いくび》のうえに、瞼《まぶた》も頰も垂れた顔が載っている。

頭髪は薄く、黒々とした鼻髭だけがぴんと張っていた。

船越は床の間を背にして座り、面倒臭そうな眼差《まなざ》しを向けてくる。

「お奉行の使者と聞いたが、何用じゃ。本日は月次《つきなみ》御礼登城の日でもある。わしはこうみえても忙しい身でな、手っとりばやく済ませてくれ」

「拙者、臨時廻りの長尾勘兵衛にござります。ご迷惑も顧みずにまかりこしたのは、船越さまのお耳に是非とも入れておかねばならぬ急ぎの事態が生じたゆえ。それは何かと申せば、公事宿の主人殺しの一件にござります」

「ん」

一瞬の動揺を、勘兵衛は見逃さない。

「はっきり申しあげましょう。船越さまのご用人頭に、岩城半九郎と申す輩《やから》はおられましょうや」

「おぬし、岩城が殺しの下手人だと申すのか」

「疑いは大いにあります」

と言いつつ、勘兵衛は襖一枚隔てた向こうに、何者かの気配を察している。

ほかでもない、岩城半九郎が武者溜まりに控えているのだ。

船越は扇子を開き、忙《せわ》しなく揺らしはじめた。

「証拠はあるのか。返答いかんでは、ただでは済まさぬぞ」

「殺しの一部始終を目にした者がござります」

「証人がおると申すのか」

「はい。それも、ひとりではありませぬ」

「夜目であろう。そやつらが、下手人の顔をはっきりみたという証拠はあるまい」

「子守歌がござります」

「子守歌」

「下手人が歌っておりました。差しつかえなければ、歌って進ぜましょうか」

「おう、歌え。歌えるものならな」

「では。寝ね子どご負って夜の道、白神さんまでござっしゃたけれど、山毛欅の林に棲む鳥が帰えれ帰えれと鳴きわめく……」

勘兵衛は朗々と、詩吟でも吟じるように子守歌を披露してみせた。

「やめよ、もうよい」

船越は、怒ったように吐きすてる。

勘兵衛は、にやりと笑った。

「殺しだけではござりませぬ。拙者、別件の動かぬ証拠も摑んでござる」

袖口から熊の胆を取りだした。

「うっ、そ、それは」

船越の驚きようは、尋常ではない。

勘兵衛は、たたみかけた。

「これが何か、おわかりですな。れんげ胆。冬眠した熊からしか採れぬ貴重な胆だとか。苦いですぞ。この世のものとはおもえぬほど。良薬は口に苦しと申しますが、これほど苦い薬は生まれてはじめてでござる」

「おぬし、それをどこで」

「ですから、対馬屋殺しを調べておりましたところ、献上品の横流しという看過すべからざる悪事に行きついたわけで。その悪事をいけしゃあしゃあとやりおおせ、今日の出世を遂げた人物こそ、船越さま、貴殿にほかならぬと、こうしてわざわざ申しあげにまいったのですよ」

「無礼な」

船越は、泡でも吹きそうな顔で吐いた。

「このれんげ胆、闇の市場にていくらで売っておるか、ご存じですかな。無論、ご存じでしょうが、拙者は聞いて腰を抜かしました。親指大ほどで三十両はくだらぬという。何と、高麗人参《こうらいにんじん》の三倍でござるよ」

「黙らぬか」

「はい。ご希望とあれば黙りましょう」

「おぬし、名は何と申したか」

「長尾勘兵衛にござります」

「ふむ、長尾とやら、その一件はお奉行もご存じなのか」

「その一件とは、どの一件でしょうな」

「れんげ胆の件じゃ」

「いいえ、ご存じありませぬ」

「ほ、そうか」

脇息《きょうそく》にへたりこむ船越に向かって、勘兵衛は微笑んだ。

「ご安心めされい。拙者はあくまでも、公事宿の主人殺しの一件でまいったまで。もっとも、そちらに関しても、貴藩との関わりはいっさい口にしておりませんよ」

「岩城半九郎の名もか」

「無論にござる」

「そ、そうか」

「やっとご安心めされたか」

「ふっ、ふふ、ふははは」

猪首の重臣は、肩を揺すりはじめた。

「可笑しゅうござるか」

「いや、可笑しゅうはないが、笑いが込みあげてきたのじゃ」

極度の緊張から解きはなたれたからだろう。

船越は笑うのを止め、真剣な顔になった。

「長尾とやら、おぬし、お奉行の使者だなどと、嘘を申したな。わしを謀《たばか》りおって。何をしにまいったのじゃ」

勘兵衛は、ぽんと膝を叩く。

「よくぞお聞きくだされました。そのおことばを待っていたのでござります。殺しも横流しも胸の奥に仕舞って進ぜましょう。そのかわり」

「そのかわり、何じゃ」

船越は身を乗りだし、醜悪な顔を近づけてくる。

「もしや、金か」

「お察しがよろしい」

「いくらだ」

「申しあげても」

「ふむ、金額次第では考えてもよい」

「されば、千両」

勘兵衛は、さらりと言ってのける。

「なっ、何じゃと」

船越の顔色が変わった。

懸命に怒りを抑え、勘定高い商人のように、めまぐるしく頭をはたらかせている。

脇息にもたれ、胸を反らせた。

「わかった」

「ほ、よろしいので」

「二十万五千石をみくびるでない。ただし、屋敷では渡せぬ」

「承知しております。今晩、すぐそこの銭座跡にて、お待ち申しあげております」

「よし、銭座跡だな」

「妙なお考えは起こされぬよう。船越さまご本人と岩城半九郎どの、おふたりでお越しください」

「念を押さずとも、わかっておるわ」

餌は撒いた。

あとは、大物を釣りあげるだけだ。

十二

中秋の月は群雲《むらくも》に隠れている。

昨年はたしか、大川に月見船を浮かべ、みなで宴を張りながら満月を愛でた。

今宵はそうはいかぬ。静と綾乃は三方に団子を盛り、月見を楽しみにしていたが、勘兵衛と鯉四郎は「役目がある」とだけ告げ、家をあとにした。今頃は、鯉四郎の祖母と藪医者の仁徳をくわえ、四人で月見の宴を張っているにちがいない。

銭座跡の空き地では、双方二名ずつの人影が対峙《たいじ》している。

半町ほど隔てて、提灯の炎がふたつ揺らめいていた。

すだく虫の音を聞きながら、優雅に月見とはいかない。

勘兵衛はしきりに、蚊に刺された臑《すね》を掻いている。

船越大膳と岩城半九郎は、薄ら笑いを浮かべていた。

同人数で会うことを約したが、約束を守るような連中ではない。

背の高い雑草の生えた空き地には、無数の気配が潜んでいた。

「義父上《ちちうえ》、二十はおりますな」

鯉四郎が、低く言った。

勘兵衛は、ぱちんと臑を叩く。

「二十ではきかぬぞ。くそっ、藪蚊のやつめ、年寄りの血がそんなに美味いか」

殺気は徐々に膨らんでいく。

「敵さん、やる気ですな」

「ああ、こっちもな」

背後には、剣客がひとり潜んでいた。

蔵竹平内である。

「されど、月が出てこぬことには」

鯉四郎の指摘に、勘兵衛も頷く。

「本人の強いおもいが、天に届くかどうかだな」

「はい」

「そろりと行こう」

風が出てきた。雲がちぎれていく。

ふたりは袖を靡《なび》かせ、船越と岩城の待つ石地蔵のそばへ近づいた。

千両箱は不謹慎にも、石地蔵に抱かせてある。

船越は頭巾をかぶり、軍師よろしく床几《しょうぎ》に座していた。

陣羽織の下のふくらみから推せば、鎖帷子《くさりかたびら》を着けているようだ。

一方、岩城も額に鎖鉢巻きを巻いている。

茶の筒袖に股引《ももひき》という扮装《いでたち》は、あきらかに、剣戟《けんげき》を想定しての仕度であろう。

「また会ったな、不浄役人め」

岩城が怒声を発した。

「そっちのでかいのは何者だ」

「娘婿さ。末吉鯉四郎と申してな、南町奉行所の定廻りよ」

「ふん、町方の正義はどこへ行ったのだ」

「人斬りのおぬしに言われたかない。さ、千両箱を寄こせ」

「そのまえに、ひとつ聞いておきたいことがある」

もっぱら岩城が喋り、船越は聞き役に徹している。

「おぬしらが秘密を守るという保証は」

「ぬへへ、千両の受取状でも書いてやろうか」

「ふざけるな。おぬしらのほかに、この一件を知る者はおらぬのか」

「おらぬさ。他人に分け前をくれてやるのも癪だ」

「なるほど、それを聞いて安堵《あんど》した。殿」

船越は促され、意味ありげに頷く。

岩城は地蔵のそばへ進み、千両箱を軽々と持ちあげた。

すかさず、勘兵衛が問う。

「岩城半九郎、ひとつ確かめたい」

「何だ」

「対馬屋惣八を斬ったのは、おぬしなのだな」

「いまさら、何を言わせたい」

「対馬屋とは長え付きあいだったもんでな。どんな最期だったか、教えてくんねえか」

「苦しまずに死んださ」

岩城は、残忍な笑みを浮かべる。

「わかった。それだけ聞けりゃいい」

「冥途《めいど》の土産に聞かせてやっただけだ。ほらよ」

岩城は勢いをつけ、高々と千両箱を抛《ほう》った。

地に落ちて上蓋が開き、石ころが転がりでる。

勘兵衛と鯉四郎は、いっこうに動じない。

最初から、金が目当てではなかった。

そうとも気づかず、船越が莫迦笑いしてみせる。

「不浄役人には、石ころがお似合いじゃ。岩城、やれい」

「はっ」

岩城は胸を反らし、ぴっと指笛を吹いた。

草を掻きわけ、黒い影が飛びだしてくる。

襷《たすき》掛けをした連中だった。

三十はいよう。

物腰から推せば、剣におぼえのある者たちだ。

「藩士はひとりもおらぬ。みな、金で雇った野良犬どもよ」

岩城が薄い唇を捻りあげた。

「不浄役人の首を獲《と》った者には、十両の報奨金を出すと約した。みろ、野良犬どもの眸子《まなこ》が光っておろうが」

勘兵衛は、頬をぽりぽり掻いた。

「鯉四郎、この首、たったの十両だとよ」

「ずいぶん、みくびられましたな」

「むかっ腹が立ってきたぜ」

「やりますか」

「よし、存分に立ちまわれ」

鯉四郎より早く、岩城が白刃を抜きはなった。

「死ぬがいい」

それを合図に、野良犬どもが一斉に抜刀する。

と、そのとき。

群雲がさあっと流れ、満月が顔を出した。

空き地一帯が、昼のように明るくなる。

「ぬえええ」

草叢《くさむら》の一隅から、気合いが迸《ほとばし》った。

「何だ」

敵どもが一斉に振りむく。

白装束の男は、研ぎすまされた牙を剝《む》いていた。

「平内か」

岩城半九郎が、声をひっくり返す。

だが、すぐにうそぶいてみせた。

「ぬふふ、捜す手間が省けたわい。来い、平内。勝負をつけてやる」

白い疾風が、敵の壁に躍りこんでくる。

勘兵衛は、満月に感謝した。

十三

鯉四郎が気合いもろとも、岩城に斬りこんだ。

――がしっ。

火花が散る。

岩城は初太刀を弾き、鋭い返しの一撃を突いてきた。

「うくっ」

鯉四郎は肩口を浅く裂かれ、反転しながら後退する。

入れちがいに勘兵衛が飛びだし、岩城の白刃を十手で弾いた。

間髪を容れず、のどぼとけを狙って先端を突きあげる。

「うおっと」

岩城は半身になり、間合いから逃れた。

「ふん、少しはやりよる」

平内のすがたを探し、そちらへ駆けていく。

「待て」

追いすがろうとした途端、左右から白刃が殺到した。

「邪魔するんじゃねえ」

十手で野良犬の籠手《こて》を潰し、顎を砕いてやる。

背後の鯉四郎は、流れるような立ちまわりで三人を片付けた。

いずれも首根を狙った峰打ちである。
一方、平内も鬼神のごとき活躍をしていた。
寄ると触ると叩きふせ、周囲には呻《うめ》き声が溢れている。
平内も鯉四郎に倣《なら》い、峰打ちを心懸けているようだった。
胴を抜いたとおもえば、眉間を割り、臑を払って肩を砕く。
「ぬひぇっ」
「ぎゃっ」
悲鳴が錯綜し、怪我人《けが》が転がった。
それにしても、凄《すさ》まじく強い。
光のなかで闘えば、平内は百人を相手にしても負けまい。
雇われた野良犬の数は、瞬く間に減じられていった。
しかし、気紛《きまぐ》れな雲が、またもや月を覆いかくした。
あたりは闇に閉ざされ、刃音と火花だけが散っている。
平内は闇の狭間《はざま》に逃げこみ、じっと身を潜めた。
敵は態勢を立てなおし、輪陣形をつくる。
どこだ、どこにいやがる。

勘兵衛は胸に囁き、暗闇に目を凝らす。

岩城半九郎の勝ち誇った大声が響いた。

「どうした、平内。月が消えたら、おとなしくなりおって。ははあ、わかったぞ。おぬしはむかしから、目を病んでおったな。もはや、薄闇では渡りあえぬか。ふふ、図星のようだな。されば、勝機はわれにあり」

岩城は発するや、勘兵衛たちと反対側に駆けた。

「そっちか」

勘兵衛と鯉四郎も追った。

が、野良犬どもに行く手を阻まれる。

「退きやがれ」

倒しても、倒しても、敵は折りかさなるように斬りこんでくる。

「ぬはは、みつけたぞ」

喜々として、岩城が叫んだ。

平内は何もできず、亀のように蹲っている。

「平内、誰もがみとめておったとおり、おぬしの技倆《ぎりょう》は抜きんでておった。わしはな、おぬしの類《たぐ》い希《まれ》なる才に嫉妬しておったのだ。しかも、家老の娘まで娶《めと》ってのう、わしは嫉妬で狂い死にしそうなほどであったわ。されど、それも今やむかしのはなし。おぬしは、ただの野良犬になりさがった。ぬふふ、生きておるのさえ、恥ずかしかろう。のう、わしの手で葬ってやる。ありがたくおもえ」

岩城は両足を踏んばり、白刃を八相に担ぎあげる。

「くそっ」

勘兵衛は恨めしげに、空を睨みつけた。

群雲が渦を巻き、月の出てくる気配もない。

「だめか」

つぎの瞬間、奇蹟《きせき》が起こった。

空き地のそこらじゅうに、ぼっ、ぼっ、ぼっと、松明《たいまつ》が灯《とも》ったのだ。

まさしく、野面に咲いた彼岸花のようであった。

「旦那、うぽっぽの旦那、遅くなりやした」

野太い声を発するのは、五両一の安吉である。

手下どもを従え、加勢するとは聞いていた。

が、期待などしていなかった。

「ありがとうよ、海坊主」

安吉の隣には、銀次もいる。
松明を掲げて走ってくる者のなかには、野良着姿の熊佐と与助のすがたもみえた。
名主の庄左衛門も、みずから松明を握っている。
何十本という松明によって、空き地は煌々と照らされた。
岩城は、呆気にとられていた。
そして、眩《まぶ》しげに目を細めた瞬間、死の予感が過《よ》ぎった。
「いえい……っ」
気合いもろとも、平内の白刃が走る。
「ぬげっ」
的は一撃で仕留められた。
岩城半九郎は刀を掲げたまま、海老反《えびぞ》りにゆっくりと倒れていく。
胸乳の下を深々と裂かれていた。
さざ波斬りである。
平内の装束は、返り血で真っ赤に染まった。
「ふわあああ」
血達磨のまま、野面を疾駆する。

もはや、刃向かう敵はいない。

野良犬どもは散り散りに逃げ、船越大膳だけがひとり残った。

「あわわ……よ、寄るな。寄るでない」

地蔵を背に抱いている。

動けないのだ。小便まで垂れている。

顎をわなわな震わせ、血まみれの平内をみつめるしかない。

復讐《ふくしゅう》の刃を向けてくるのは、かつて、自分が権力の座から引きずりおろした男の娘婿であった。

「く、蔵竹平内……ゆ、許せ。許してくれ。の、命を救ってくれたら、何でもする……お、おぬしを重臣に推輓《すいばん》いたそう……た、頼む、命だけは」

平内は返事もせず、大股で近づいていく。

生死の間境《まざかい》で足を止め、息を詰めた。

「御免」

静かに発するや、ざっと一歩踏みだす。

「うぐっ……ぐぐ」

手にした白刃が、船越の腹を貫いた。

先端が背中から飛びだし、どす黒い血が迸る。
平内は刀を抜かず、放心した顔で両手を放した。
船越は前屈みになり、切腹した恰好でこときれた。
「やったな」
天に渦巻く群雲が晴れ、満月が顔をみせる。
壮絶な光景が映しだされた。
誰もが息を呑み、ことばを発することもできない。
勘兵衛は背帯に十手を差し、佇《たたず》む平内のそばに近づいた。
まだ、すべてが終わったわけではない。
もうひとつ、厄介事が待ちかまえている。
「おい、見事だったぞ」
勘兵衛は平内の肩を抱き、何度も揺さぶってやった。

十四

彼岸を過ぎると、世の中はぐっと秋めいてくる。

静は家でおはぎをつくり、近所にお裾分《すそわ》けをしてまわった。

鯉四郎の祖母といっしょに、少し遅れた六阿弥陀詣でに出掛けるという。下谷の常楽院を皮切りに、与楽院、無量寺、西福寺と飛鳥山方面へ北上し、荒川を渡って恵明寺、ぐるりと亀戸方面へまわりこんで常光寺へと足を延ばす。すべて巡れば六里におよぶ行程を、一日で巡るのだそうだ。仁徳が水先案内人を買ってでたと聞き、勘兵衛はありがたいとおもった。

銀次は、子犬のころのことを案じている。

「あいつ、正真正銘のお座敷犬になっちめえやがった」

それが幸せかどうかは、ころにしかわからない。

ともあれ、すっぽんの親分はぼやいてばかりで、番台で溜息を吐くおしまの顔が浮かんでくるようだった。

一方、名主の庄左衛門とふたりの若い百姓は秋田に帰らず、江戸に踏みとどまった。おきたは只《ただ》で三人を宿に泊めてやり、公事の段取りを最初からつくりなおしている。どうなるかはわからないが、やるだけのことはやってみるという連中の心意気が嬉しい。

勘兵衛は富沢町の虱長屋へおもむき、饐《す》えた臭《にお》いのたちこめた部屋から、燃え滓《かす》のようになってしまった平内を誘いだした。

「ほら、これ」

勘兵衛は懐中からお守り袋を取りだし、平内に手渡した。

「多田の薬師さんのお守りだ。眼病にすこぶる効験があるっていうからな」

「すまぬ」

「萎《しお》れてんじゃねえぞ。目の保養に行こうぜ」

小舟を仕立てて向かったさきは、萩《はぎ》寺として知られる柳島村の龍眼寺であった。

本所の十間川沿いにあり、亀戸天神にもほど近い。

勘兵衛は閂《かんぬき》に差した大小の柄に、左袖をちょんと載せて歩いた。

身幅の狭い裾を割りながら、よく知られた小粋な端唄《はうた》を口ずさむ。

「萩桔梗《ききょう》なかに玉梓《たまずさ》しのばせて、月を野末に草の露、君を松虫夜ごとにすだく、更けゆく鐘に雁《かり》の声、恋はこうしたものかいな」

表向きは気楽にみえるが、内心はそうでもない。

不安を拭いさりたくて、端唄を口ずさんでいる。

龍眼寺の境内は、どこを眺めても萩しかなかった。

萩一色に徹した寺もめずらしいので、この時季、寺は大勢の見物客で賑わう。

山門を潜ると、期待どおり、萩の波がうねるように迫ってきた。

「ほう、きれいなもんだ。平内さん、どうだい、みえるかい」

「どうにかな。だが、昼でも霞《かす》むようになった。もうすぐ、みえなくなるかもしれぬ」

「誰か、世話してくれる者が要るな」

「他人の世話になるくらいなら、死んだほうがましだ」

「それじゃ聞くが、世話をする者が他人でなきゃいいのかい」

「いいもわるいもない。他人でない者などおらぬからな」

「そうか」

勘兵衛はにっと笑い、先へどんどん進んでいった。

「おうい、こっちこっち」

池のそばで、五両一の安吉が手を振っている。

「あ、おったぞ」

勘兵衛に促され、平内は妙な顔をする。

「ほら、あれ。みえるか」

瓢簞《ひょうたん》池の汀《みぎわ》に、母と息子が佇んでいた。

若衆髷《まげ》の息子は七つだが、小さ刀を帯に差し、一人前の侍を気取っている。

凜々《りり》しい面影は、父親譲りだ。

そして、母は美しい。

背筋を伸ばし、澄んだ眼差しでこちらをまっすぐにみつめている。

平内は突っ立ったまま、声も出せない。

「おい、みえるのか」

「ん、ああ……み、みえる」

目ではっきりとみえずとも、心でみえるにちがいない。

勘兵衛は、静かに言った。

「半年前、佐保どのはすべての事情を知り、おぬしを追って江戸へ出てこられたのだ。一粒種の息子を連れてな。今は神田の裏長屋に住み、縫い子をやって食いつないでいるらしいぜ」

「なんと」

「苦労しているのは、おめえさんだけじゃねえ。みてみろ。佐保どのの毅然《きぜん》とした物腰をよ。おめえさんとの再会を信じて、貧しくとも武士の妻らしく、淡々と生きてこられたのだ。どうした。早う、行ってやれ」

背中を押すと、平内は躓《つまず》きながらも一歩踏みだした。

「父上」

陽太郎が叫び、鉄炮《てっぽう》玉のように飛んでくる。

佐保もたまらず、小走りに駆けてきた。

平内はがくっと、両膝をついた。

そこへ、陽太郎がどんとぶつかってくる。

「父上」

蹌踉《よろ》めきながらも抱きとめた父親の眸子から、大粒の涙が溢れてきた。

「平内さま」

佐保の眸子にも、涙が光っている。

涼やかな風が、ひっしと抱きあう三人を優しく包みこんだ。

海坊主の安吉が柄にもなく、声をあげて泣いている。

勘兵衛もたまらず、洟を啜りあげた。

「くそったれ、心配えして損したぜ」

高い空には、鰯《いわし》雲が悠然と流れていた。

雁の群れが常世から、竿になってやってくる。

流れる雲のひとつが、対馬屋の顔にみえてきた。

「惣八よ、終わったぜ。おれにゃこれが精一杯だ。成仏してくれ、な」

勘兵衛は眸子を瞑《つむ》り、雲に向かって両手を合わせた。

蓑虫

一

重陽《ちょうよう》の節句には武家も商家も菊を飾り、そこらじゅうで菊競《くら》べが催される。

勘兵衛は朝っぱらから家で菊酒を呷《あお》り、顔をぽっと赤くした静ともども延命長寿を祈った。

この日からは着物に綿が入るので、町行くひとびとの物腰はどことなくぎこちない。

「殺しだ、殺しだ」

随身門の外で叫んでいるのは、気の早い瓦版屋であろうか。

菊供養のおこなわれる浅草寺《せんそうじ》の随身門を出て、山谷堀まで一直線に北上する馬道を進む。

そして、猿寺と称する教善院の手前を左手に曲がると、浅草寺の裏手から吉原遊郭をのぞむ淋《さび》しい道に出る。馬道の午《うま》と猿《さる》寺の中に挟まれているため、未《ひつじ》新道とも俗称される裏道のまんなかで、首がおかしな方向に捻《ねじ》れた男の屍骸《むくろ》がみつかった。

異変を聞きつけた野次馬どもは人垣を築き、見世物小屋の珍獣でも眺めるような目つきをする。

「誰か、下手人をみた者はいねえか」

銀次が大声で呼びかけても、人垣から返事はない。

「もういい。銀次、そのへんにしとけ」

勘兵衛は十手を抜いて膝を折り、屍骸を調べはじめた。

「後ろから近づき、両腕で頭を抱えて、ぐきっ。ほとけは声を出す暇もなかったろうさ。それにしても、とんでもねえ怪力の持ち主だぜ」

屍骸の着物をひろげて金瘡《きず》を丹念に探しても、左手の薬指を失っているほかに傷らしき痕跡はみつからない。

「旦那、指は古傷のようでやすね」

「ああ。しかも、こいつは刃物で断たれた傷じゃねえな。山狗《やまいぬ》か何かに嚙《か》みきられたみてえだ」

勘兵衛は首を真横に傾げ、屍骸の顔に近づいた。

「ひょっとこみてえな面だな。年は三十四、五ってとこか。ん、こいつ、どっかでみたことがあるぞ」

「え」

銀次も顔を寄せてきた。

「たしかに、みたことがありやすね。旦那、ひょっとしたら、古い人相書に描かれた悪党かもしれやせんよ」

「おもいだした。おめえの言うとおりだ。こいつは、壺師《つぼし》だぜ」

「壺師」

「そうよ。白磁の壺に楽茶碗に絵皿、焼き物なら何でもござれの贋作《がんさく》師さ」

贋作をつくって高値で売りさばく。なかでも、値の張る唐物《からもの》風の贋《にせ》壺をつくるのが得意なので、この手の小悪党は壺師と呼ばれている。

「名は何だっけな。くそっ、おもいだせねえ」

「あっしもでさあ。近頃、物忘れがひどくて」

「物覚えのほうもな。おたがい、寄る年波にゃ勝てねえってことさ」

「ぬへへ、まったくで」

「この辺の唐物屋でもあたってみるか」

「承知しやした。けど、旦那」

「おう、どうした」

「ふっと浮かんだことがありやしてね」

「遠慮はいらねえ。言ってみな」

「それじゃ、申しあげやす。蓑虫《みのむし》の旦那に、ひとつ、お聞きしてみたらいかがでやしょう」

「蓑虫か、おれもちょいと頭を過《よ》ぎりはしたがな」

「ご懸念でもおありですかい。蓑虫の旦那なら、人相書を右から左へすすいと出してもいただけやしょう」

「そりゃまあ、そうかもしれねえが。あいつに頼るのは、手え抜いているみてえで嫌なのさ。それに、ちょいと、気難しい野郎でな。でもまあ、しょうがねえ。久方ぶりに訪ねてみっか」

勘兵衛は立ちあがり、大儀そうに腰を伸ばす。

いつのまにか、野次馬の人垣は解かれていた。

刈田の向こうには、遊郭の高い壁がみえる。

畦道《あぜみち》に咲いた吾亦紅《われもこう》が、微風に揺れていた。

「秋も闌《た》けたか」

そういえば、夜がやたらに長く感じられるようになった。

五穀の収穫が終われば時雨《しぐ》れる日も多くなり、里山は衣替えを急ぎだす。

めぐりゆく季節の移りかわりを、あと何度、肌で感じることができるのだろう。

無残な屍骸をみるたびに、虚《むな》しいおもいにとらわれた。

秋が好きでもなくなったのは、年を取ったせいなのか。

「あいつもきっと、秋が嫌えだろうな」

勘兵衛は、蓑虫と呼ばれる男の物悲しげな横顔を浮かべた。

二

数寄屋橋御門内、南町奉行所。

黒渋塗りに白漆喰《しろしっくい》の海鼠塀《なまこべい》が聳《そび》えている。東向きにでんと構えた厳《いか》つい長屋門を潜《くぐ》れば、遠くにある玄関の式台まで、幅六尺の蒼《あお》い敷石がつづく。敷石の周囲は那智黒の砂利石でびっしり埋めつくされ、左手に天水桶《おけ》が山と積まれた白壁の向こうは神聖な白洲《しらす》であった。

外廻りの勘兵衛は、めったなことでは奉行所を訪れない。訪れるたびに、気後《きおく》れを感じた。三十有余年も勤め、いまだに奉行所が不慣れな役人もめずらしい。自分でもばかばかしくおもうのだが、蒼い敷石を踏みしめていると、嫌な汗が滲《にじ》んできた。

白洲に送った罪人のことを、おもいだしてしまうからか。

――てめえ、どれほど偉え人間なんだ。

斬首された者たちに罵《ば》詈《り》雑言《ぞうごん》を浴びせられ、自分が白洲に引きずられていく錯覚をおぼえてしまう。だからいつも、二度と奉行所には顔をみせまいとおもうのだが、そういうわけにもいかない。

勘兵衛は内勤の与力や同心と挨拶《あいさつ》を交わし、玄関から長い廊下を渡って内玄関へ向かった。そこで庭草履に履きかえ、北寄りの別棟へ向かう。さらに、同心長屋の連なる裏門から入り、棟の片隅にある土蔵へおもむいた。

土蔵の一部を仕切った狭苦しい部屋が、古い裁許帳などの帳面類を保管する書庫である。窓もない黴臭《かびくさ》い部屋は、冬になれば氷室《ひむろ》のように冷え、夏になれば蒸し風呂と化す。よほどの用事でもないかぎり、立ち寄る者もいない。

薄暗い穴蔵の奥まったところには小机がひとつ置かれ、風采のあがらぬ同心が座っていた。

蓑田源十郎《みのだげんじゅうろう》、五十六歳。

長らく吟味方の同心を勤めていたが、七年前に胸を患い、書庫整理にまわされた。爾来《じらい》、一日のほとんどを、穴蔵に閉じこもって過ごす。

外の光を浴びることもないので、いつしか「蓑虫」と綽名《あだな》されるようになった。

が、この男、ただ者ではない。

例繰方《れいくりがた》の使用する御仕置裁許帳を丸ごと暗記しており、尋ねれば一言一句まちがえずに答が返ってくる。過去二百年におよぶ膨大な判例を諳《そら》んじることができるのだ。ゆえに、南町奉行所の「生き字引」と呼ぶ者もあったが、多くは皮肉まじりの蔑《さげす》みがふくまれていた。

偏屈《へんくつ》な性分なので、たとえ上役であろうとも、気に食わない相手とは口を利かない。最初から出世など望んでいないので、上役に媚《こ》びを売るでもなく、淡々としている。

ゆえに、敬遠された。誰からも相手にされず、これといった役目も与えられない。

それでも、三十俵二人扶持《ぶち》はしっかり頂戴している。「穀潰《ごくつぶ》しめ」と罵倒する者もあった。面と向かって文句を吐かれれば幸運なほうで、たいていは無視される。というより、ほとんど忘れられていた。

勘兵衛も知らないことは多いが、同い年の外れ者同士、馬が合うのではないかとおもっている。若い時分、蓑田がまだ八丁堀に住んでいたころ、幼い娘同士で遊ばせたことも一度ならずあったように記憶していた。

近頃はとんとご無沙汰しているだけに、不機嫌な顔をされても仕方あるまい。

蠟燭《ろうそく》の儚《はかな》い光だけを頼りに、蓑田源十郎は古い帳面を捲《めく》っていた。

「よう、久方ぶり」

上擦《うわず》った調子で声を掛けると、頰の瘦《こ》けた蒼白い顔が向けられた。

落ちくぼんだ眸子《まなこ》の奥には、感情の揺れもなく、希望の光もない。

背筋が、ぞくっとした。

まるで、幽鬼ではないか。

元気かという問いかけを吞みこみ、勘兵衛は小机のそばに腰を下ろす。

「たまにゃ外に出たらどうだ。刈田に渡る秋の風が気持ちいいぜ」

蓑田は応えず、帳面に目を戻す。

「おう、何か喋《しゃべ》れよ。奥方は息災か」

やはり、応《いら》えはない。

娘はどうだと言いかけ、勘兵衛は口を噤《つぐ》んだ。

菊という名の一人娘は、綾乃と同い年の二十三だ。年頃になってから一度だけ、母親と天神参りに来たところを目にした。美しい娘だった。ところが、風の噂《うわさ》に聞いたはなしでは、七年前から喋ることが不自由なのだという。詳しい事情はわからない。いずれにしろ、家に閉じこもっているらしかった。それで、話題にするのを憚《はばか》ったのだ。

「何やら、切ねえぜ。かつては、落としの蓑田と言われた切れ者のおめえが、こんなふうに覇気を無くしちまうとはな」

勘兵衛は知っていた。蓑田が穴蔵に押しこめられたのは、胸を患ったという理由からだけではない。七年前、吟味役の蓑田は大掛かりな抜け荷を追っていた。そして、証拠を摑《つか》みかけたにもかかわらず、上から潰されたのだ。

理由は判然としない。おおかた、抜け荷の恩恵をこうむり、美味《うま》い汁を吸っていた連中でもいたのだろう。

「なあ、蓑田よ。おれでよかったら、当時のはなしを聞かせちゃくれねえか。七年は長え。そのあいだ、おめえは文句も言わず、こうして穴蔵に閉じこもっていやがる。七年前に何があったのか、そろりと喋ってもいいころじゃねえのか。な、そうだろう。おめえみてえな骨のある野郎が、どうして、上の言いなりになったんだ。そいつをよ、おれは前々から聞こうとおもっていたのさ」

「昔話をしにきたのなら、帰ってくれ」

にべもなく突きはなされ、勘兵衛は苦笑いを浮かべる。

「ま、急《せ》くことはねえや。喋りたくなったら、そんときでいいさ。知ってのとおり、おれの綽名はうぽっぽだ。江戸じゅうを歩きまわるしか能のねえ男だが、まだ怒りの燃え滓《かす》は残っている。世の中の理不尽が許せねえっていう気持ちもあるしな」

蓑田は勘兵衛をじっとみつめ、無愛想に吐きすてる。

「用件があるなら、さっさと言え」

「おっと、よくぞ聞いてくれたぜ。浅草の未新道で、壺師が殺された。そいつの素性が知りたくてな」

「特徴は」

「年は三十四、五。ひょっとこみてえな面をした痩《や》せた野郎だ」

蓑田は、淡々と応じてみせる。

「潮吹きの孫七《まごしち》、上州生まれの壺師だ。玄武《げんぶ》という名の火喰男《ひくいおとこ》ともども、関八州を股に掛けて主に騙《かた》りをはたらいていた。もっとも、それは十一年前のはなしだ」

「十一年前。そいつを諳んじるたあ、さすがに生き字引だぜ」

「ふたりは上州の新田郡で名主殺しの疑いを掛けられ、御下知人《ごげちにん》として人相書を回状された。手込めにされた名主の娘が、ふたりの顔をおぼえておったのだ」

蓑田はすっと立ちあがり、書庫の暗がりへ消えた。

しばらくすると、分厚い手配書の束を抱えて戻り、そのなかから人相書を一枚抜いてみせた。

「ほら、これだ」

なるほど、十一年前に描かれた孫七と玄武らしき悪党の顔がそこにある。

「まるで、手妻でもみているようだな」

勘兵衛が感嘆しても、蓑田はにこりともしない。

「江戸市中のみならず、関八州に捕縛の命が下った。されど、このふたり、杳《よう》として行方は知れず、半年後に永尋ねとなった」

「そのうちのひとりが今頃になって、ひょっこり出てきやがった。しかも、薬指の無え屍骸でなあ」

一瞬、蓑田の表情が変わった。

「孫七は、薬指が無かったのか」

「ああ、古傷さ。ありゃたぶん、山狗か何かに食いちぎられたにちげえねえ」

「どっちの指だ」

「え」

「右か、左か、どっちだ」

「左の薬指だよ」

蓑田はごくっと唾《つば》を呑みこみ、壁の一点をみつめる。

守宮《やもり》が、影のように這《は》っていた。

蓑田の目はしかし、守宮を追ってはいない。

あきらかに、何か重大なことを考えている。

「おい、どうした」

呼びかけると、蓑田は血走った眸子《まなこ》を剝《む》いた。

今にも斬りつけてくるかのようで、鳥肌が立った。

しかし、それも瞬時のことだ。

蓑田はすぐに、本来の無愛想な顔に戻った。

「長尾、用件はそれだけか」

「ん、まあな」

「だったら、帰ってくれ」

「わかったから、そうやって急かすな。お、そうだ。こんど、落ち鯊《はぜ》でも釣りにいこうや、な」

蓑田は何も言わず、古い帳面に目を戻す。

「ほんじゃ、また来るぜ。へへ、おめえにゃ迷惑だろうがな」

勘兵衛は後ろ髪を引かれるおもいで、穴蔵をあとにした。

薬指を無くした壺師のはなしは、あきらかに、蓑田を動揺させた。

いったい、何がどうしたというのか、その理由が知りたくなった。

あれこれ考え事をしていると、裏門のそばで知った顔に出遭った。

吟味方与力、石原数之進《いしはらかずのしん》である。

知った顔といっても、まともに喋ったことはない。

なにせ、相手は吟味方を十年以上もやっている古株だ。

臨時廻り風情など、鼻にも掛けまい。

会釈をしながら通りすぎると、意外にも声を掛けられた。

「おい。おぬし、うぽっぽとか呼ばれておる臨時廻りだな」

「は、さようですが」

「穴蔵に行ったのか」

「いかにも」

「蓑虫に何用じゃ」

「別に、これといって用件は」

咄嗟《とっさ》にお茶を濁すと、石原は探るような眼差《まなざ》しを向ける。

「浅草の未新道で、首を捻られた屍骸がみつかったらしいな。もしや、その一件か」

「お察しがよろしいようで」

「やはり、そうか。あの一件は、定廻りの叶《かのう》恭一郎《きょういちろう》に任せた。おぬしはもうよい」

「手を引けと、そう仰《おっしゃ》るので」

「何だ、その物言いは」

「他意はござりませぬが。差しつかえなければ、わたしをお外しになる理由をお教え願いたい」

「臨時廻りが出過ぎたまねをするな、ということさ」

納得できない。と、内心でおもいつつも、勘兵衛は媚びた笑いを浮かべた。

「ぬへへ、そりゃそうですな。臨時廻り風情が出しゃばっちゃいけません。合点承知之介、この一件からは手を引きますので、どうかご安心を」

「ふん」

石原は鼻を鳴らし、こちらに背を向けた。

勘兵衛はあかんべえをし、ついでに尻を蹴るまねをする。

ふと、石原がかつて蓑田の上役であったことをおもいだした。

無論、壺師殺しから手を引く気など毛頭無い。意地でも調べつくしてやると、勘兵衛は決意を固めた。

三

静は晩のうちに、菊の綿を仕込んでおいた。

菊の花弁に綿を置き、朝露をふくんだ綿で顔を拭《ふ》けば、老いを去ることができるという。菊に雪のような綿を抱かせるので、着せ綿とも呼ぶ風習である。

静に着せ綿で顔を拭いてもらい、業平蜆《なりひらしじみ》の味噌汁を呑んだ。

業平蜆は本所横川の名物で、蛤《はまぐり》と勘違いするほど身が大きい。これを汁の実にして、濃厚な辛口の仙台味噌で溶いた味噌汁を呑めば、朝から至福を味わった気分になる。

ともかく、このところ、静のかげんがすこぶる良い。物忘れも少なくなり、家のこともしっかりできるようになってきた。そのことがありがたく、勘兵衛は神仏に感謝したい気分だった。

いつもどおりに家を出て、南茅場《みなみかやば》町の大番屋に向かう。

途中、地蔵橋のそばで、百舌《もず》の早贄《はやにえ》をみつけた。

串刺しにされた蛇舅母《かなへび》が白い腹を晒《さら》し、南天桐の枝先にぶらさがっている。

――ちちち、ちちち。

百舌がすぐ近くで、雀《すずめ》の鳴き声をまねてみせた。

「凶兆だな」

大番屋へ踏みこむと、案の定、何やらざわついている。

「神田の花房町だ。蔭間《かげま》茶屋で、火喰男が刺し殺された」

腰を下ろす暇もなく、外へ飛びだし、鎧《よろい》の渡しまで駆けていく。

小舟で対岸に渡るや、早駕籠を拾った。

あとは、神田川に架かる筋違橋まで、ひたすら駆けさせる。

「走れ、走れ」

先棒を煽《あお》り、後棒を急かせる。

揺れがひどいので、乗っているほうも辛《つら》い。

おかげで尻の穴が痛くなったが、あっというまに八ツ小路に着いた。

筋違橋を渡った広小路の向こうは花房町、裏道に一歩踏みこめば蔭間茶屋が軒を並べている。

小者や野次馬が集まっていたので、目指す茶屋はすぐにわかった。

「うっ」

踏みこんだ瞬間、異臭に鼻をつかれた。

奥まった部屋の手前、廊下の端で、蔭間らしき半裸の若衆が震えながら頭を抱えている。

血飛沫《ちしぶき》が襖《ふすま》や畳を濡《ぬ》らしており、大男が床の間を背にして座っていた。

縛られたまま、死んでいる。

「玄武か」

勘兵衛は、つぶやいた。

猿轡《さるぐつわ》まで塡《は》められ、凄《すさ》まじい形相で死んでいるのだが、蓑虫にみせてもらった人相書の男にまちがいなかった。

火喰男とは浅草寺奥山や両国広小路などで、みずから起こした炎を食べたり吐いたりしてみせる大道芸人のことだ。

たいていは、怪力自慢の大男がやってみせる。

玄武もまちがいなく、そうした芸人のひとりだった。

未新道で孫七の首を捻ったのは、十中八九、玄武であろう。

だとすれば、玄武を殺害したのは、いったい誰なのか。

運の良いことに、同心はまだひとりも来ていなかった。

小者たちは怖がって、屍骸に近づこうともしない。

「ふん、意気地《いくじ》がねえなあ」

玄武は眸子を瞠《みは》り、今にも起きあがってきそうだった。

部屋は血の海と化していたが、勘兵衛は平然と踏みこんだ。

足袋の裏が汚れるのも気に掛けず、屍骸のそばに近寄る。

ざっと眺めただけでも、尋常でない様子はみてとれた。

まずは麻縄で、縄抜けできないように縛られている。

前手首を縛り、首に輪を掛けた首縄と繋《つな》げ、両肘と両膝も縛る。正面からだと縄目が二重の菱形《ひしがた》にみえるところから、正式には二重菱縄掛けと呼ぶ。侍が罪人である場合などに、捕り方がよく使う堅固な縛り方にほかならない。

致命傷は、左胸を貫く刺し傷だった。

まちがいなく、刀によるものだろう。

だが、注目すべきは刺し傷ではない。

玄武は、両手の指をすべて切断されていた。

畳には、ずんぐりとした指が散らばっている。

毛の生えた芋虫のような親指を摘《つま》みあげ、勘兵衛は溜息《ためいき》を吐《つ》いた。

「責め苦か」

調べてみると、足の甲も潰されている。鞘《さや》か柄頭《つかがしら》で潰したのだ。

「何か、喋らされたな」

勘兵衛は腰をあげ、廊下へ戻った。

あいかわらず、蔭間は震えている。

面皰《にきび》のめだつ十三、四の若衆だった。

玄武には、蔭間の性癖があったのだ。

勘兵衛は屈《かが》みこみ、そっと顔を近づけた。

「おめえ、名は」

蔭間は閉じた眸子を開け、蚊の鳴くような声を漏《も》らす。

「菊右衛門《きくえもん》にございます」

「そいつは源兵衛名だろうが。まあ、いいや。あそこで死んでんのは、火喰男だな」

「は、はい。玄武さまにございます」

勘兵衛は、片眉を吊《つ》りあげた。

「玄武は、この見世に通っていたのか」

「月に二、三度はおみえくださいました」

「いつ頃から」

「もう、二年になります」

「買うのは、おめえだけか」

「このお見世では、手前ひとりにございます」

「下手人をみたのか」

「は、はい……で、でも、黒い布で目鼻を隠しておりました」

蔭間は目隠しをされたので、下手人が侍だったという以外はおぼえていない。

玄武は酔いつぶれて寝ていたらしく、たいして抵抗することもなく縛られた。

そして、陰惨な責め苦がはじまったが、菊右衛門なる蔭間はすぐに気を失ってしまったらしい。

「手前は、何ひとつ聞いておりません。気がついたら、部屋のなかが血まみれで」

「まあ、落ちつけ。と言っても無理だろうがな、もうひとつだけ教えてくれ。玄武の仲間で、ひょっとこ顔の痩せた男を知らねえか」

「ぞ、存じております」

「ほ、そうかい」

「たしか、孫七さんと仰いました。玄武さまと何か揉《も》めていたご様子で、奥の部屋で口喧《くちげん》嘩《か》を」

「そいつは、いつだい」

「菊の節句の二日前で」

「口喧嘩の中味は」

「よく聞こえませんでしたが、お金のことで揉めていたようです」

「わかった。ありがとうよ」

勘兵衛は蔭間の肩を叩《たた》き、手に一朱金を握らせてやった。

「え、こんなに。よろしいんですか」

「あんころ餅でも買って食え」

「あ、ありがとう存じます」

蔭間は這いつくばり、何度も礼をする。

勘兵衛はもういちど肩を叩き、その場から去りかけた。

そこへ、蔭間の抱え主らしき肥えた男がやってきた。

目付きの鋭い同心が、後ろから従《つ》いてくる。

定廻りの叶恭一郎であった。

勘兵衛を見定め、ちっと舌打ちしてみせる。

かちんときた。

こちらのほうが年上だ。

経験でいえば、十五年も長い。

睨《にら》みつけてやると、叶は突っかかってきた。

「うぽっぽめ、何してやがる」

「おっと、そうきたか。それが年長者への物言いか」

「うるせえ。てめえなんざ、穴《あな》っ端《ぱた》へ腰掛けた耄碌爺《もうろく》だろうが。消えやがれ」

「言われなくても、そうさせてもらう。ほれよ、置き土産《みやげ》だ」

すれちがいざま、叶の掌《てのひら》に芋虫のような親指を握らせた。

「うえっ」

叶はみっともないほど驚き、腰を抜かしかける。

「ふん、ざまあみやがれ」

勘兵衛は意気揚々と、血だらけの廊下を去っていった。

四

翌日、厄介な出来事が起こった。

下女奉公の娘が半裸の恰好で、泣きながら浅草広小路の調べ番屋へ飛びこんできたのである。

調べ番屋は入牢証文が発行されるまで罪人を留め置く場で、江戸に七箇所ほど置かれていた。与力がわざわざ出張り、罪人とおぼしき者の取りしらべもおこなう。奥には板壁板敷きで窓のない部屋があり、憐《あわ》れな連中が手鎖で繋がれている。

勘兵衛はたまさか、浅草広小路の調べ番屋に立ち寄って番茶を呑んでいた。

そこへ、赤襦袢《じゅばん》を引きずった娘が飛びこんできたのだ。

「お助けを、お助けを」

そう言ったきり、娘は気を失った。

右手には、血の付いた簪《かんざし》が握られている。

勘兵衛が腰をあげたところへ、顔じゅう血だらけの男が騒々しく踏みこんできた。

「お役人さま、お役人さま、その娘に目を刺されました。早う、早う、娘に縄を打ってください」

若い同心は、おろおろするばかりで戸惑っている。

勘兵衛は見るに見かねて、応対役を引きうけた。

「おめえ、番屋よりもさきに、医者に行ったらどうだ」

「娘はどうなります。簪で主人の目を突いた下女の裁きは、どうなるのです」

よほど口惜《くちお》しいのか、男は怒りで声を震わせる。

勘兵衛は冷静だ。

「どれ、傷をみせてみろ」

上がり端《はな》に座らせて傷を調べてみると、簪の先端は眼球を突いておらず、上瞼を少し裂いたにすぎなかった。出血が多いわりに、たいした傷ではない。

「目玉は傷ついてねえ。医者に縫ってもらえば三日で治るぜ」

「え、まことで」

「ああ、大の大人が喚《わめ》き散らすんじゃねえよ」

「でも、旦那。あの娘は手前を刺したのです。殺そうとしたのだ」

男はいっこうに、怒りの矛《ほこ》をおさめようとしない。

勘兵衛はまず、素性を質《ただ》した。

「まあ、落ちつけ。おめえ、名は」

「手前は渡海屋磯六《とかいやいそろく》、そこの随身門を出た北馬道町で唐物屋を営んでおります」

「唐物屋か」

　ぴんとくるものがあった。唐物屋なら、贋作の壺や茶碗も扱っていよう。壺師の孫七を知っているかもしれない。

「その娘は、おたほと申しまして、年は十五にござります。父親の茂吉《もきち》は今戸焼の窯師でしたが、嫌がらせか何かで窯を壊されてから、酒に溺れるようになりましてね。母親はもう何年もまえに亡くなっているし、食わせなきゃならない幼い弟たちもいる。今から半年前、おたほを雇ってくれないかと大家さんに手をついて頼まれたものだから、可哀想《かわいそう》におもって預かったというわけで」

　渡海屋は恩着せがましく喋り、気を失った娘を睨みつける。

「くそったれ、恩を仇《あだ》で返えしやがって」

　人が変わったように悪態を吐く渡海屋にたいし、勘兵衛はとぼけた口調で言った。

「それにしても、十五の娘のことだ。簪を振りあげるってことは、よっぽどの理由があったにちげえねえ」

「それを聞いてどうなります。奉公人の下女が雇い主を傷つけたんだ。それだけで、打ち首獄門でしょうよ」

「打ち首獄門は大袈裟《おおげさ》だろう」

「なら、遠島ですか。早いとこ、八丈あたりに流しちまってくださいな」

勘兵衛は腹が立ってきた。

「おい、渡海屋」

「何です」

「おれの聞いたことに応えろ。てめえ、娘に何をやらかした」

「別に。ただ、少しばかり、からかっただけですよ」

「まさか、手込めにしたんじゃあるめえな」

渡海屋はことばに詰まったが、平気な顔でひらきなおる。

「手前は独り身でしてね、生娘の下女に手を出したからといって、不義密通にはあたりません。それに、おたほも承知していたはずなんだ。十五といやあ、立派な娘、分別もつく年頃じゃありませんか。手前には、何らやましいことはない。それに百歩譲って、手込めにしたからといって、手前を罪に問うことができますか」

渡海屋の肩を持つ気は毛頭ないが、たしかに「押して不義」などと称する強姦《ごうかん》はさして重い罪に問われない。

娘のからだがひどく傷つけられた場合でも、せいぜい追放刑で済まされる。心に傷を負った娘は、泣き寝入りするしかない。逆しまに、抗《あらが》って相手を傷つければ、娘のほうが罪に問われる。

ましてや、傷つけた相手が主人ならば、重い罪は免れない。

理不尽のようだが、御定書《おさだめがき》に従えばそうなってしまう。

着物の乱れ方から推すと、おたほが手込めにされたことはあきらかだった。

無論、御法度《ごはっと》で罰することはできずとも、勘兵衛が許すはずはない。

さあて、どうしてやろうか。

舌なめずりしたところへ、黒羽織のひょろ長い男があらわれた。

「あ、石原さま。ご苦労さまにござります」

若い同心が駆けより、ぺこぺこお辞儀をする。

勘兵衛はおもわず、顔を背けた。

まちがいない。石原数之進だ。

まずいところへ、まずい男がやってきたものだ。

それにしても、与力が調べ番屋に立ち寄るのはめずらしいことではないとはいえ、勘兵衛はどことなく腑《ふ》に落ちないものを感じた。

「北馬道町の唐物屋が刺されたと聞いてな、ちと様子を窺《うかが》いにきた」

石原は横柄に言い、渡海屋をちらりとみやる。

渡海屋は下を向き、乾いた唇をしきりに舐《な》めた。

勘兵衛はじっくり観察しながら、石原と目を合わす。

「うぬ」

こちらに気づいた石原は、途端に顔色を変えた。

「また、おぬしか。ここで何をやっておる」

「何をと仰っても、臨時廻りが調べ番屋にいるのは当然でござりましょう」

「そうではない。なぜ、おぬしが唐物屋の言い分を聞いておるのだ」

「成り行きにござります」

「嘘《うそ》を吐くな。おぬし、手柄をあげたいのか」

勘兵衛は、肩をすくめる。

「あいにく、手柄とは無縁でしてね」

「とぼけるな。壺師殺しから手を引けと命じたであろうが」

「手を引いておりますけど」

「ならば、なぜ、花房町の蔭間茶屋におったのだ」

「これは意外。どうしてご存じなので。あ、なるほど、叶恭一郎が喋りましたか」

「そうだ。叶よりもさきに、おぬしは蔭間茶屋におった。そして、今日もここにおる」

「あの、お聞きしてもよろしいですか」

「何だ」

「昨日の火喰男殺しも、今日こうして唐物屋が怪我《けが》を負ったことも、壺師殺しに関わりがあるのでしょうか」

「黙れ」

石原は激昂し、眸子を三角に吊りあげた。

何かを隠しているなと、勘兵衛は察した。

「関わりがあろうとなかろうと、どうでもよい。長尾、おぬしは目障りだ。消えろ。わしのまえに、二度とその丸顔を晒すな」

「お待ちを」

勘兵衛は、ひらりと右掌を翳《かざ》す。

「おたほという娘は、どうなりましょう」

「ん、娘か」

石原はようやく、気を失っている娘に気づいた。

渡海屋磯六が、横から口を挟む。

「石原さま、おたほは簪で手前の目を刺したのでござります」

「それで大番屋に駆けこんだのか。この間抜けめ」

「も、申し訳ござりません」

渡海屋は、萎《しお》れた茄子《なす》のようにしゅんとなる。

あきらかに、ふたりは知りあいのようだ。

石原は胸を張り、若い同心に指図を出す。

「娘に縄を掛けよ」

「お待ちを」

すかさず、勘兵衛は顎《あご》を突きだした。

「娘に非はござりません。唐物屋が娘を手込めにしたのです」

「黙れ、うつけ者、与力に意見する気かっ」

「いえ、そういうわけでは」

「ええい、黙れ。たとい、いかなる理由があろうとも、奉公人が主人を傷つけることは許されぬ。十手を預かる身で、それくらいのことがわからぬのかっ」

「それでは、あくまでも、娘を白洲に引きだすと仰るので」

「くどい。与力であれば、誰もがそうせざるを得まいが」

残念ながら、石原の主張は正論以外のなにものでもなかった。

勘兵衛が唇を嚙むと、唐物屋はざまあみろという顔をする。

まかりまちがえば、おたほには厳罰が下るやもしれない。

そうはさせぬと、勘兵衛は心に強く決めた。

五

二日後、長月十三夜は「三夜待ち」と称し、月に願掛けをする。「後の月」とも言われ、葉月の十五夜に月を愛《め》で、この日に月見をしないと「片月見」と称して忌み嫌われるとされるが、それは遊郭や茶屋が客寄せのために触れまわった手管であろう。

勘兵衛は縁側に座り、仁徳とともに燗酒《かんざけ》を舐めていた。

静は七輪で蛤を焼き、綾乃は鯉四郎といっしょに三方の飾りつけをしている。

鯉四郎の老いた祖母も、団扇《うちわ》を揺らしながら夜空を眺めていた。

今宵《こよい》は雲もなく、少し欠けた月が煌々《こうこう》と輝いている。

「酒は池田満願寺の下り酒にかぎるわい。のう、うぽっぽ」

「はあ」

「どうした。浮かぬ顔をして」

「唐物屋を傷つけた娘のことが、どうにも気に掛かりましてね」

「名は、おたほだっけな」

「ええ」

「聞けば聞き腹、きんたまも釣り方。聞かねば平気でいられたものを、なまじ聞いたばっかりに腹が立つ。今のおれだよ。おめえの言うとおり、非は唐物屋にある。でもな、主人を傷つけた奉公人を裁かねえわけにもいくめえ。名奉行との呼び声も高え根岸肥前も辛えところさ。手込めにされた憐れな娘を裁きたくはなかろうが、無罪放免にしちまえば、お上の威光は地に堕ちる」

「まあ、そうですな」

「年が十五ってのも不運だぜ。十四ならまだ子ども、お構いなしで済まされたかもしれねえ。八百屋お七の裁きのときも、白洲でお奉行に促されたとおり、嘘を吐いて十四と言ってりゃ火炙《ひあぶ》りにならずに済んだ」

　仁徳はみてきたようにはなすが、裁きのくだりは歌舞伎の「八百屋お七」で創作された逸話にすぎない。

「ふん、世の中ってのは無情だな。理不尽にできてやがるぜ」

「仰るとおり」

そうした会話を交わしてると、訪ねてくる者があった。

玄関まで応対に出た綾乃が、不思議そうな顔で戻ってくる。

「父上、蓑田さまと仰る方がおみえです。おあがりくださいと申しあげても、玄関口から一歩も動かれません。ここで結構と仰って」

「わかった」

「あの、父上」

「何だ」

「蓑田さまは、げそげそと嫌な咳《せき》をしておられました。あのお咳、気になります。顔色もお悪いようですし」

「そうか」

勘兵衛は満願寺のはいった銚釐《ちろり》と盃《さかずき》を携え、玄関口へ向かう。

悄然《しょうぜん》として、蓑田源十郎が佇《たたず》んでいた。

綾乃も心配したとおり、顔色はすこぶる悪い。

「よう、来てくれたのか。まあ、一杯飲《や》ろう」

「いや、遠慮しておく」

「そうか。なら、無理強いはせぬ」

蓑田は何か言いたげにしているのだが、ことばが出てこない。

勘兵衛は急かさず、じっと待った。待つことには慣れている。

唐突に、蓑田が言った。

「鯊でも釣りにいかぬか」

そして、外に置いてあった釣り竿《ざお》と魚籠《びく》をみせる。

「迷惑か」

「いいや」

勘兵衛はふっと微笑《ほほえ》み、着流しのまま雪駄を履いた。

「今時分の鯊は深場にいる。釣りあげるのは難しいけどな、へへ、そいつがおもしれえんだ。おい、綾乃」

大声を張りあげると、綾乃が身重の腹を抱えて顔を出した。

「父上、お呼びでしょうか」

「ふむ、新川河岸の浮瀬に使いを走らせてくれ。雁次郎にな、生きの良い落ち鯊を釣って持ってくから、朝まで見世を開けておけと、そう伝えさせろ」

「まあ、今から釣りですか」

「そうさ。行きてえときに行くのが釣りだ」

「お待ちを」

「ちっ、なんだよ」

綾乃は奥へ引っこみ、しばらくして戻ってきた。

竹筒を二本、手渡そうとする。

「温酒《あたためざけ》にございます。お持ちくだされ」

「お、わかった」

勘兵衛は、上機嫌で家を出た。

蓑田も、何やら嬉《うれ》しそうだ。

ふたりは肩を並べ、八丁堀の辻向こうへ消えていった。

六

鉄砲洲の沖に百文舟を浮かべ、凪《な》ぎわたる夜の海に釣り糸を垂れた。

七年前に八丁堀から高輪へ引っ越した理由を問うと、蓑田は「娘が波音を聞いて暮らしたいというのでな」と言い、淋しげに微笑んだ。

会話らしい会話はそれだけで、黙然と釣り糸を垂れたまま二刻（四時間）ほど粘ったものの、釣れた獲物はたった一尾にすぎなかった。

それでも、勘兵衛は満足だった。

釣りあげたのは蓑田のほうだが、いっこうに口惜しくはない。

あと一刻もすれば、東の空が白々と明けてこよう。

そんなことは気にも留めず、勘兵衛は新川河岸の浮瀬に友を誘った。

「さあ、あそこだ。へへ、提灯《ちょうちん》もしっかり点《つ》いていやがる。あそこは、おれのもうひとつの家だ。めったなことで、他人は連れてこねえが、おめえは別だ」

「そうか」

あいかわらず口数は少ないものの、蓑田は芯《しん》から嬉しそうだ。

その気持ちが伝わってくるので、勘兵衛の心も弾んでいた。

暖簾《のれん》を分けると、客はおらず、とんとんと小気味の良い庖丁《ほうちょう》の音が聞こえてきた。

「おいでやす。お待ちしておりました」

おこまが満面の笑みで出迎える。

「さあ、こいつだ。釣ってきたぞ。雁次郎、手際よくさばいてくれ」

「へえい」

奥から、隻腕の庖丁人が声を張る。

夫婦は、ちゃんとわきまえていた。

勘兵衛が連れてくる客は特別な客だと、承知しているのだ。

席はいつもの空樽ではなく、床几《しょうぎ》に差しむかいで腰掛けた。

「酒は」

と、聞くまでもない。

すでに、綾乃に託された竹筒は空になっている。

そういえば、むかしも差しむかいで呑んだ気がする。

だが、あまりにもむかしのはなしで、おぼえていない。

雁次郎は、釣ってきた落ち鯊を活《い》き作りにした。

ほかにも甘露煮を用意してあり、秋茄子の糠《ぬか》漬けも添えてある。

それから、八杯豆腐なるものまでつくってくれた。麺状に切った豆腐を鰹《かつお》の出汁で温め、葛《くず》を入れてとろみをつける。近頃、向島あたりの料亭で出している料理だという。

蓑田は「美味い、美味い」と言いながら、活き作りも甘露煮も八杯豆腐もぺろりと平らげた。

勘兵衛は上等な酒を舐めながら、眸子を細めた。

いよいよ、東の空も明けてこようとしたころ。

「おたほという娘を助けたい」

唐突に、蓑田は言った。

「え」

勘兵衛は驚きつつ、つぎのことばを待った。

「許せぬのだ。ああした理不尽が、わしは許せぬ」

蓑田は、搾りだすように吐いた。

「傷つけられたのは、唐物屋であるはずはない。娘のほうだ。娘はからだのみならず、心にも深い傷を負った。にもかかわらず、白洲で裁かれねばならぬ。こんな理不尽が許されようか。そうおもわぬか、長尾勘兵衛」

蓑田の迫力に気圧《けお》され、勘兵衛はすぐに応じることができない。

「もう一度言おう。わしは、おたほという娘を助けたい」

「いってえ、おれにどうしろと」

「渡海屋を調べろ。抜け荷の疑いがある」

「何だって」

蓑田はげほげほと咳をし、自分を落ちつかせてから、ゆっくりつづけた。

「わしは七年前、抜け荷の疑いで伊吹屋《いぶき》という廻船問屋を調べていた。そのときの調べ帳を預ける。参考にしてくれ」

蓑田は最初から携えていた風呂敷を解き、分厚い綴《つづ》りを取りだしてみせる。

勘兵衛は黄ばんだ綴りを手に取り、ぱらぱらと捲った。

ざっと眺めただけでも、抜け荷のおこなわれた日時や場所が克明に記されているのがわかる。

「待ってくれ。伊吹屋と渡海屋がどう繋がる」

「衣は替わっても、中味はいっしょ」

「つまり、同じ野郎だってことか」

「確証はまだない。そこを調べろ」

「なぜ、自分でやらぬ」

「蓑虫だからさ。外廻りは、歩き神の独壇場であろう」

「おれは、神さんじゃねえ」

「あたりまえだ。おぬしほど、人間臭い同心もおらぬ」

蓑田は、ぎこちなく微笑んだ。

勘兵衛は、ぽんと胸を叩いてみせる。

「よし、わかった、渡海屋の件は任しておけ。唐物屋が悪党だと知れたら、おたほの情状も酌量されるにちげえねえ」

おたほを救うためにも、渡海屋の悪事はあばかねばならぬ。

「でも、どうしておれなんだ。壺師の件で穴蔵を訪ねたからか」

「それもある」

「壺師の薬指が無かったことを喋ったら、おめえ、顔色を変えたな。そいつは、どうしてだ」

「今は言えぬ。ともあれ、渡海屋を調べてくれ。ざっと見渡したところ、おぬしくらいしか浮かばぬのだ」

「何が」

「骨のある同心がさ」

「え」

蓑虫は、自分の力量を買ってくれていた。

嬉しいというよりも、勘兵衛は意外に感じた。

「長尾よ、おぬしは言ったではないか。まだ怒りの燃え滓は残っている。世の中の理不尽が許せねえと」

「たしかに、言ったな」

蓑田は、がらりと話題を変えた。

「娘御、名は何と言うたかな」

「綾乃だ」

「ふむ、そうであったな。幼いころの面影が残っておった」

「会わせたことがあったか」

「何度かな。賢い娘だった」

「医術を学んでいるのよ」

「ほう、それはすごい。よう育った。嫁いださきは、同心の家か」

「ああ。相手は、融通の利かねえ定廻りさ」

「そりゃいい。腹も大きかったな。生まれるのは初孫か」

「まあ、そうだ」

「羨《うらや》ましい」

蓑田は淋しげにこぼし、げほげほと嫌な咳をしだす。

「す、すまぬ。長尾、手間を掛けたな」

「行くのか」

「ふむ。それじゃ、頼んだぞ」

「ああ。骨が舎利になっても、やってやるぜ」

「ふっ、おぬしらしくもない。もそっと、肩の力を抜け」

「はは、それもそうだ」

　蓑田が去ると、おこまが音もなく近づいてきた。

「旦那、余計なことかもしれまへんけど、あのお咳、労咳《ろうがい》やおまへんやろか。むかしの廓《くるわ》仲間と同じ咳やったから」

「くそっ」

　勘兵衛は、無性に腹が立った。

　からだが病に蝕《むしば》まれつつあっても、世の中の理不尽が許せないと、蓑田は静かな執念を燃やしている。そんな人間を穴蔵に閉じこめておく仕打ちにも、それを知りながら七年も放置していた自分自身にも、腹が立って仕方なかった。

七

勘兵衛は、じつの両親を知らない。

養父母に教えられたはなしでは、亀戸天神の鳥居の根元に捨てられていたという。宮司に拾われ、貰《もら》われていったさきが、風烈廻り同心をつとめる長尾家であった。心優しい同心夫婦は勘兵衛を一人前の男に育てあげ、住む家と働く場所を遺《のこ》してくれたのだ。

そうした出生ゆえか、親子の情には敏感だった。

浅草は今戸町の裏長屋に、おたほの父親は住んでいる。

「おい、茂吉《もきち》、茂吉はいるか」

勘兵衛は、戸口で声を張りあげた。

十に満たない洟垂《はな》れどもが、土間で取っくみあいの喧嘩をしていたからだ。

茂吉らしき胡麻塩《ごましお》頭の男は、ささくれだった畳の奥で茶碗酒を食らっている。

「こら、やめねえか」

勘兵衛は、洟垂れどもを叱りつけた。

「おめえら、何で喧嘩なんぞしているんだ」

「腹あ減ってんのさ」

年長のほうが、利かん気な顔で吐きすてる。

「姉ちゃんが縄あ打たれて、食うもんも食えねえ」

みやれば、弟がしけた煎餅《せんべい》を握っている。

どうやら、兄弟で煎餅の取りあいをしていたらしい。

勘兵衛は袖口から小銭を取りだし、年上のほうに握らせた。

「駄菓子屋に行ってこい。弟にもちゃんと分けてやるんだぞ」

「うん。ありがとう、おっちゃん」

兄弟は目の色を変え、外へ飛びだしていく。

父親はいっこうに関心を向けようとしない。

「邪魔するぜい」

勘兵衛は裾を払い、上がり框《かまち》に座った。

「茂吉、はなしがある。面をみせろ」

茂吉は茶碗を置き、膝で躙《にじ》りよってきた。

酒と汗と小便の入りまじった臭いに、目がしょぼしょぼする。

「へへ、こんな小汚ねえ小屋なんぞに、いってえ何のご用で」

「いいから、こっちへ来い」

茂吉は促され、薄汚い胡麻塩頭を差しだしてくる。

やにわに、ぱしゃっと、勘兵衛の平手打ちが飛んだ。

茂吉は吹っ飛び、漆喰の壁にぶつかって鼻血を垂らす。

「ぬえっ、な、何しゃがんでえ」

勘兵衛は土足であがりこみ、もう一発平手打ちを食らわした。

茂吉は土間に転げおち、引き戸の脇でぐったりしてしまう。

「おたほはなあ、大番屋の奥に設《しつら》えた窓のねえ部屋で、今も冷てえ鎖に繋がれているんだぜ。なのに、父親のおめえは、茶碗酒を食らってんのか」

茂吉は、充血した目を土間に落とす。

「旦那、仕方ねえでしょう。じたばたしたところで、娘を返えしてもらえるわけじゃねえんだ」

「おめえ、自分の娘があんなふうにされて、口惜しかねえのか」

「こんちくしょう。やるんなら、渡海屋の息の根を止めちまえばよかったんだ。おたほのやつ、半端なことをしゃがって」

「聞き捨てならねえな。渡海屋に何かされたのか」

「渡海屋め、丁稚《でっち》に見舞金を持たせやがったんですよ」

「見舞金」

「熱くなっちまって、つい、おたほを訴えちまった。その詫びに、三両置いていきやがったんだ。へへ、娘を手込めにしたうえに訴えておいて、その見返りが三両ですぜ。ふざけろってんだ。でもね、旦那、食うや食わずの貧乏人にしてみりゃ、三両は三百両にも値する。情けねえことに、あっしは、そいつを叩っ返えすことができなかった。こんちくしょうめ……くう、うう」

悔し涙にくれる茂吉を、勘兵衛は叱りつけた。

「泣くんじゃねえ。莫迦《ばか》野郎。そもそも、てめえが地道に働かねえから、こうなったんじゃねえのか」

「そりゃそうです。でもね、旦那。あっしだって、窯があるときゃ、真面目に焼き物をこせえていたんだ。それがある晩、窯をぶっ壊されちまって、そっから潮目が変わっちまった」

「窯を壊したのは誰だ」

「知るかい、そんなもん」

「誰かに恨みを買われたおぼえは」

「ありやせんよ。なのに、おれだけが窯を潰されたんだ」

失意の日々を送っていたところへ、救いの手が差しのばされた。

渡海屋が大家を通じて、娘を奉公に出さないかと打診してきたのだという。

大番屋で勘兵衛が渡海屋から聞いたはなしは逆だった。大家を通じて打診され、可哀想におもって娘を引きうけたと言ったのだ。

「あんときゃ、渡海屋が神仏にみえやしたぜ。なにしろ、潰れた窯まで買ってくれたんだ。十両でやすよ。てえした金額でやしょう。もっとも、ぜんぶこいつで消えちめえやしたけどね」

茂吉は黄色い歯を剝いて笑い、酒を呑むふりをする。

勘兵衛には、どうも引っかかるものがあった。

潰れた今戸焼の窯を、渡海屋がどうして買わねばならぬのか。

しかも、十両といえば、安くもない金だ。盗めば首が飛ぶ。

誰かに贋作をつくらせるためであろうか。

いや、そのために窯を買う必要はないし、茂吉によれば、窯が新たに築かれた形跡もないという。

いくら考えても、窯を買わねばならぬ理由が浮かんでこない。

茂吉が襟を正した。

「旦那、お聞きしてもよろしいですかい」

「何だ」

「どうして、おたほを気に掛けてくださるので」

「聞きてえか」

「へい」

「なら、教えてやろう。おたほはな、呑んだくれの父親のために、身を粉にして働いてきた。そんな健気《けなげ》な娘を玩具にしようとした野郎が許せるか。おれにも娘があってな、自分の娘がそんな仕打ちにあったとしたら、まず、我慢ならねえ。おれなら、渡海屋のやつを、ぶった斬ってやる。ところが、世の中そうはいかねえ。逆しまに、おめえの娘は主人を傷つけた罪で裁かれようとしている。こんな理不尽が許せるか。おれはな、おたほを救うためなら、どんな些細《ささい》なことでも調べてやりてえのよ。だから、父親の住む小便臭え裏長屋を訪ねてきたってわけだ。わかったか、この大莫迦野郎」

「へい、ようくわかりやした。そこまで、おたほのことを考えてくださって、ありがとうごぜえやす」

茂吉は土間に這いつくばり、頭をあげようともしない。

勘兵衛は、少しばかり憐れになった。

娘を救いたくても救えない。

渡海屋を斬りたくても、斬ることなどできない。

今日の糧を得るために、矜持《きょうじ》を捨てて生きるしかない。

何ひとつできず、酒に逃げるしかない男のことが、憐れで仕方ない。

ためしに、勘兵衛は聞いてみた。

「茂吉、壊された窯を渡海屋が十両で買ったってはなし、誰かに喋ったことはあるか」

「恥みてえなもんだから、誰にも喋っちゃおりやせん。いや、待てよ。あ、そうだ。酔った勢いで、壺師のやつに喋ったかもしれねえ」

「壺師か」

「へい、贋作の壺をつくる小悪党でしてね、たまさか居酒屋で意気投合したんでさあ。羽振りのいい野郎で、いつも驕《おご》ってくれたっけ」

「茂吉、壺師の名を聞かせてくれ」

「孫七といいやす」

「ふうむ」

勘兵衛は唸《うな》った。

まさか、茂吉の口から、孫七の名が出てくるとはおもわなかった。

「そういや、近頃会ってねえな。あいつ、どうしていやがんのか」

地獄へ堕《お》ちたと告げても、茂吉には何のことだかわかるまい。

渡海屋と孫七の関わりがうっすら浮かんではきたものの、謎は深まるばかりだ。

考えこむ勘兵衛に向かって、茂吉は頭をさげた。

「旦那、おたほを助けてやってくだせえ。おれは、あいつがいねえと、ほんとうに駄目になっちまう」

「助けてほしいなら、酒断ちでもするんだな。おれはおれで勝手にやる。酔っぱらいの頼みなんざ、聞きたくもねえ」

「旦那、ありがとうごぜえやす」

「莫迦たれ、頼みは聞かねえと言ってんだよ」

「酒を断ちます。おたほが戻ってくるまで、一滴も呑みやせん」

「ほう。やれるもんならやってみな。あばよ」

ばさっと袖をひるがえし、茂吉に背を向ける。

――やれるもんならやってみな。

それはまるで、自分自身に突きつけた台詞《せりふ》ではないかと、勘兵衛はおもった。

八

丑《うし》ノ刻から降りだした雨は、正午を過ぎてもいっこうに熄《や》む気配がない。

芝神明の秋祭りは「だらだら祭り」の異称で呼ばれ、十一日から二十一日まで十一日間もつづく。

門前から日影町へいたる大路には葦簀《よしず》張りの露店が軒をつらね、谷中の生姜《しょうが》などが売られている。「生姜祭り」とも呼ぶ祭りの土産は、飴を入れた千木箱《ちぎばこ》だ。社殿の屋根に使った余り材でこしらえた小判なりの曲げ物で、振るとからから音がする。箱に描かれた藤が人気の秘密で、簞笥《たんす》に入れておけば衣裳持ちになるともいわれ、道行く町娘や嬶《かか》ぁまでが千木箱をからからさせながら歩いている。

小雨の降るなか、勘兵衛は渋谷川に架かる金杉橋まで歩をすすめた。

橋の手前で左手に折れ、芝湊町の桟橋をめざす。

蓑田の帳面に記された場所と刻限を念頭にしつつ、足を向けてみたのだ。

期待はしていなかった。なにせ、七年前の記録である。伊吹屋とは渡海屋のことで、いまだに抜け荷をつづけているとしても、七年前と同じ桟橋に御禁制の品を荷揚げしているとは考えにくい。

それにしても、わからないことだらけだ。

はじまりは、壺師の孫七殺しであった。

下手人と目された火喰男の玄武も、何者かに責め苦を受けたうえで刺された。

そして、ふたつの殺しと関わりがなさそうにみえる渡海屋の悪事を、蓑田に頼まれて調べようとしている。

孫七の薬指が無かったことを知って顔色を変えた理由を糺したとき、蓑田は「今は言えぬ」と応えた。そのことひとつとっても、孫七と渡海屋は何らかの結びつきがあったと疑わざるを得ない。

蓑田だけではなかった。勘兵衛を邪魔者扱いしている石原数之進の態度もおかしい。ふたつの殺しと渡海屋の関わりを問うたとき、何かを隠しているとしかおもえない素振りをみせた。

渡海屋が茂吉の壊れた窯を十両で買ったことも、そのはなしを茂吉が孫七にしていたということも、おそらく、すべてが一本の糸で繋がっているのだろう。

勘兵衛は、そうおもった。

しかし、そこからさきは闇のなかだ。

七年前、蓑田の身に何があったのか。

世捨て人のような態度をとっていた穴蔵の住人が、主人に犯された下女を救いたいと言いだし、そのうえ、抜け荷の探索にそこまで執念を燃やす理由は何なのか。

一方、吟味方与力の石原は、一連の出来事にどう関わっているのか。

知りたいことは、山ほどある。

抜け荷を調べていけば、殺しの真相にも突きあたるのだろうか。

そうであることを期待しつつ、勘兵衛は物陰から桟橋を見張った。

夕暮れになると、荷船の行き来が頻繁になる。

一刻ほど粘ったものの、渡海屋らしき人影はあらわれない。

そのかわりに、見知った鯊顔の男がやってきた。

太眉の権介、浅草花川戸辺の地廻りだ。

浅草の地廻りがどうして芝湊まで出張ってきたのか、大いに関心をひかれた。

権介は荷役夫たちを指揮しながら、大樽《おおだる》を運ばせている。

注意深く観察すると、樽の横に「と」の判が押されていた。

「渡海屋の屋号か」

ぐっと、身を乗りだす。

権介のそばへ、深編笠で顔を隠した侍が近づいてきた。
ひょろ長い体型から石原数之進が連想されたが、さだかではない。
ごくっと、のどぼとけを上下させる。
大樽の中味もそうだが、編笠侍の正体が確かめたくなった。
夕闇が近づくころ、編笠侍は桟橋から離れていった。
追わない手はない。
勘兵衛は物陰から離れ、編笠侍をつけはじめた。
雨は小降りになったものの、道は泥濘《ぬかるみ》と化している。
歩きづらいが、我慢するしかない。
侍は愛宕下の大名小路へは向かわず、増上寺の裏門から切通しへ向かった。
すでに日も落ち、周辺は薄暗くなっている。
人影は、ほとんどない。
切通しの泥濘は滑りやすく、登るのはしんどかった。
編笠侍は小田原提灯を取りだし、足許《あしもと》を照らしながら進む。
鬼火のような炎を追いかけ、勘兵衛は間合いを詰めた。
切通しは急坂なので、足がおもうように進まない。

小雨が顔にまとわりつき、呼吸は荒くなってくる。

「しゃ……っ」

突如、殺気が迸《ほとばし》った。

脇の藪陰《やぶかげ》から黒い影が躍りだし、突きかかってきたのだ。

「にえいっ」

編笠侍ではない。別の男、浪人だ。

勘兵衛は、一撃を避けた。

その拍子に、足を滑らせる。

「のわっ」

「死ねい」

白刃が地を叩き、どしゃっと泥水が撥《は》ねた。

転がって身を起こした鼻先へ、白刃がくんと伸びてきた。

——がしっ。

十手の鈎《かぎ》で挟みこむ。

「ふんにゃっ」

脆弱《ぜいじゃく》な平地に体重を掛けてやると、白刃は苦もなく折れた。

「えっ」

動揺する浪人の懐中へ飛びこみ、すっと身を沈める。

「ほりゃっ」

加減しながら、臑《すね》を打つ。

「ぬえっ」

弁慶の泣き所だ。

浪人は痛みに耐えきれず、膝を抱えて転げまわる。

「ぬぐ……ぐぐ、くう」

罠《わな》に嵌《はま》った獣のような呻《うめ》きがつづいた。

呻きが収まるのを待って、後ろ手に早縄を掛ける。

這いつくばった浪人の顎を、十手の先端で引きあげた。

「てめえ、何者だ」

「な、名乗ったら……な、縄を解いてくれるのか」

「聞きてえことにぜんぶ応えたら、考えてもいい」

「お、小野寺桂馬《おのでらけいま》……じ、地廻りに雇われた用心棒だ」

「編笠の侍えは誰だ」

「し、知らぬ」

「嘘を吐けば白洲行き。たぶん、打ち首だぜ」

「嘘ではない。ほんとうに知らぬ。ただ、権介にお守りせよと言われていた」

「お守りせよか。偉え野郎だってことだな」

「たぶん、おぬしと同じ町奉行所の役人だ」

「なぜ、そうおもう」

「何となく、匂いでわかる」

勘の良い男だ。

「なら、別のことを聞こう。太眉の権介は誰とつるんでやがる」

「え」

「との字の商人だよ。あれは渡海屋の屋号だな」

「そのとおりだ」

「正直に応えろ。唐物屋と地廻りがつるみ、抜け荷をやってんのか。荷船で運ばれてきた大樽の中味は何だ」

「縄を解いてくれ。約束してくれるのなら、喋ってもいい」

「よし、約束しよう」

小野寺なる浪人は、観念したように項垂《うなだ》れる。

「樽の中味は唐渡りの皿だの壺だの、がらくたばかり、たいていは壊れておる。が、樽は二重底になっておってな、底にびっしり、銀が詰まっておる」

「銀だと」

「嘘ではない。何度か、覗《のぞ》いてみたことがあった。銀は唐船の海賊どもに御禁制の俵物を売った対価だ」

「唐物屋は、俵物も扱うのか」

「いいや。蝦夷《えぞ》の漁師から秘《ひそ》かに仕入れる。それを唐船に高値で売る。俵物を手に入れるときの対価は、錦絵だの贋作の壺だのといった品々だ」

「そんなもので、蝦夷の漁師たちは喜ぶのか」

「喜ぶ。感謝されるらしい」

「ふうん。渡海屋は贋作と交換に俵物を仕入れ、そいつを海賊に売ってべらぼうに儲《もう》けてやがるってわけだな」

とんでもない悪党だ。それを、おそらく、町奉行所の吟味方与力が見逃しているにちがいない。ゆえに、悪党どもは堂々と、悪事に手を染められるのだろう。

「さあ、知っていることは喋ったぞ。縄を解いてくれ」

「そうはいかねえ」

「騙《だま》すのか」

「いいや。もうひとつ、教えてくれ」

「何だ」

「おめえは突きの名手だ。玄武っていう火喰男を殺《や》ったのは、おめえか」

「ちがう」

「玄武を知ってはいるんだな」

「権介から、どんな男かは聞いた。渡海屋と親しかった壺師ともども、むかしは騙りをやって荒稼ぎをしていたとか」

「そいつを殺せと頼まれなかったのか」

小野寺は、ぐっとことばに詰まる。正直な男だ。

「おい、どうなんだ」

「頼まれたが、断った。わしは、人斬りではない」

「よく言うぜ。おれの命を狙っただろうが」

「殺す気はなかった。脅そうとおもっただけだ」

「年寄りだとおもって、みくびったな」

勘兵衛は皮肉な笑みを浮かべ、すうっと縄を解いた。

小野寺は、狐《きつね》につままれたような顔になる。

「ほ、ほんとうに、助けてくれるのか」

「嘘は言わねえ」

「す、すまぬ」

「ただし、約束してくれ。おめえはその足で東海道を上る。二度と、江戸に足を踏みいれちゃならねえ。保土ヶ谷宿から権太坂を越えたら、あとは好きにしていい。江戸十里四方払いというやつさ。白洲に引きずりだされたら、そんなもんじゃ済まねえぜ。九割方、打ち首獄門だな。なにせ、十手持ちを斬ろうとしたんだ。ありがてえとおもえ」

小野寺は、じっくり頷《うなず》く。

「なぜ、わしを助ける」

「おめえは芯からの悪党じゃなさそうだ。情けをかけてやってもいい」

勘兵衛はにっと笑い、浪人に一朱金を握らせてやった。

「路銀にゃ少ねえが、まあ、取っとけ」

小野寺は小粒を握り、勘兵衛に背をみせる。

足を引きずり、急坂を下りかけ、ふいに振りむいた。

「あんた、変わっているな」

「ふん、余計なお世話だ。早く行け」

しっ、しっと片手を振り、勘兵衛は泥だらけの恰好で切通しの急坂を登りはじめる。

逃がすに足るだけのはなしも聞けたことだし、裁くよりも情けを掛けたほうがよい場合もある。

もちろん、小野寺という浪人が素直に従う保証はどこにもない。

五分五分であろう。

それでもいいと、勘兵衛はおもった。

今宵は、誰かを番屋に引っぱっていく気力が湧《わ》いてこない。

「萎《な》えたかな」

勘兵衛は腰を伸ばし、暗闇のなかで苦笑した。

九

走りの新蕎麦《そば》が出たというので、家から亀島町の藪蕎麦へ向かおうとしたところ、辻陰から薹《とう》の立った武家の妻女に声を掛けられた。

「もし、長尾さま」

妻女の後ろには、茶筅髷《ちゃせんまげ》の若者が控えている。

勘兵衛は首をかしげ、自分を指差してみせた。

「わしに何か用か」

妻女は滑るように近づき、深々とお辞儀をする。

「蓑田源十郎の妻、八重《やえ》にござります」

「えっ」

そう言われれば、おぼえのある顔だ。

「申しわけござりませぬ。これから、お伺いしようとおもっていたところ、おみかけしたものですから」

「ふむ、蕎麦でもいかがかな」

「お蕎麦」

「どうやら、新蕎麦が出たらしい。そいつをたぐりに行こうかと」

「されば、お伴してもよろしゅうござりますか」

「構いませんよ。奥の仕切り部屋を空けさせよう」

三人は黙って表通りを進み、亀島町の四つ辻を右に折れた。

すると、堀川の川端に、今にも崩れそうな小屋がある。

「あれだ。外見《そとみ》は小汚ねえが、蕎麦はなかなかいける」

正午にはまだ早いせいか、暖簾を分けて覗くと、客は少ない。

親爺に頼んで奥の部屋を空けてもらい、そちらへふたりを差し招く。

「親爺、熱燗と新蕎麦三人分」

勘兵衛は威勢良く声を張りあげ、蓑田の妻女に恐縮がられた。

「あらためて、ご挨拶を。いつも、夫がお世話になっております」

「してない、してない。世話など、したこともない。八重どの、堅苦しい挨拶は抜きにしよう」

「かしこまりました」

「で、そちらは」

若者に水を向けると、八重が代わりに応えた。

「米倉伊織《よねくらいおり》さまでございます。長崎にご遊学なされたお医者さまです。ご近所のよしみから、夫のからだを看《み》ていただいております」

「蘭医か。それで、何の用かね」

尋ねたところへ、熱燗が運ばれてきた。

「八重どの。まずは、一献」

「いえ、わたくしは呑めません」

「されば、蘭医どの。さ、どうぞ」

「いえ、まずはわたしがお注ぎいたしましょう」

米倉は勘兵衛から銚釐を奪い、盃を満たしてくれた。

「では、お先に」

勘兵衛はすっと盃を干し、満足そうに微笑む。

「そのお顔、むかしとお変わりになりませんね」

八重が懐かしげに言う。

「お会いしたのは、いつごろでしたかな」

「もう、十五年は経《た》ちましょう」

そのあと、母娘で天神参りに向かうところを見掛けたが、そのときよりもずいぶん窶《やつ》れてしまったような気がする。

新蕎麦が運ばれてきた。

「ほへへ、香りがちがう。やっぱり、蕎麦は香りを食うもんだ」

出汁も付けず、ずるずるっと啜《すす》る。

小気味よい啜り方が、八重と米倉の笑いを誘った。

腹もほどよくふくれたあたりで、八重は切りだす。

「夫には内緒でまいりました。夫はここ数日、長尾さまのおはなしをよくいたします。とても楽しそうに、昔話に興じているのです。何年もなかったことで。わたくし、涙が出るほど嬉しくて……それで、長尾さまにだけは、おはなししておいたほうがよろしいかと、勝手に判断いたしました。蓑田源十郎のことを、どなたかにわかってほしいのです」

つづいて発せられたことばを聞き、勘兵衛は愕然《がくぜん》とした。

「夫は、もう長くありません」

「えっ」

「詳しいことは、米倉さまにご説明を」

米倉は頷き、八重のことばを引きとった。

「主因は肺腑にできた腫《しゅ》で、膿《うみ》が全身を蝕んでおります。ご本人は平気な顔を装っておられますが、痛みはひどいはずです。おそらく、立っているのもやっとではないかと」

勘兵衛は、家を訪ねてきたときの蓑田をおもいだした。

「それほど、悪いのか」

「はい」

「そのことを、本人には」

「申しあげておりません。されど、勘づいておられるとおもいます」

死ぬことがわかっているのに、蓑田はおのれの役目を全うしようとしている。毎朝、判で押したように数寄屋橋の穴蔵へ通いつづけ、そのうえ、七年前に逃した悪党を追いこむべく、執念を燃やしているのだ。

勘兵衛は、頭を深く垂れたいおもいに駆られた。

蓑田という男の強靱《きょうじん》さに、胸を打たれたのである。

八重は俯《うつむ》き、静かに泣いていた。

「あのひとが、あまりに可哀想で」

訥々《とつとつ》と、七年前の出来事を語りはじめる。

「夫は寝食も惜しみ、伊吹屋という廻船問屋が関わった抜け荷の一件を調べておりました。ところが、当時の上役さまから、急遽《きゅうきょ》、調べを止《や》めるようにとの指図があったのでございます。風の噂《うわさ》に聞きました。抗う夫に向かって『何があっても知らぬぞ』と、上役さまは仰せになったそうです」

数日後、上役の脅しは現実のものとなった。

愛娘の菊が稽古事の帰り道、二人組に拐《かどわ》かされ、神社の裏手へ連れていかれたのだ。

菊は着物を裂かれ、平手で頬を打たれながらも、暴漢ひとりの指を食いちぎるほどの抵抗をみせた。が、仕舞いには力尽き、手込めにされた。その場で舌を嚙みきって死のうとしたが、死にきれず、気を失っているところを神主に助けられ、米倉伊織のもとへ担ぎこまれたという。

米倉の的確な治療もあって、菊は命を取りとめた。しかし、ことばを失い、食べ物の味もわからず、一日じゅう家に閉じこもるようになった。

「夫はお役目も顧みず、狂ったように下手人を捜しました」

ところが、暴漢どもの行方は杳として知れず、抜け荷の探索との関わりもうやむやになった。

やがて、蓑田は奉行所内に居場所を失った。

抜け荷の一件を追及する気力も失せ、穴蔵と呼ばれる別棟の書庫へ通うだけの骨抜き役人にされてしまった。

蓑虫と揶揄《やゆ》されるようになった夫を、八重はどうにか支えてきた。

ところが、前触れもなく、さらなる不幸が訪れた。

米倉から、不治の病であることを告げられたのだ。

勘兵衛は、ことばを失っていた。

米倉伊織が、静かな口調で語りはじめる。

「拙者は幼きころより、蓑田さまのご夫婦に可愛《かわい》がっていただきました。両親が相次いで亡くなったときも心の支えになっていただき、長崎へ遊学したいとご相談申しあげたときも賛同してくださったばかりか、路銀まで工面《くめん》していただきました」

七年前、菊の命を必死に救ったのは、医者としての倫理もさることながら、幼いころより、ひとつちがいの妹も同然におもっていた菊を死なせたくない気持ちからだった。ゆえに、蓑田一家が八丁堀から海に近い高輪へ引っ越しする際も、みずからの意志で行動をともにしたのだという。

菊がこの世と辛うじて繋がっているのは、米倉伊織のおかげかもしれないと、勘兵衛は勝手に解釈した。

それにしても、受けとめるには重すぎるはなしだ。

米倉はつづけた。

「蓑田さまには、山よりも重い恩義がござります。これから、少しずつでもお返しできればば。そうおもっていたやさき、おからだが芳しくないことに気づきました。詳しく看させていただくと、すでに、手の施しようのない容態になっていた。そのことを告げるべきかどうか迷ったあげく、八重さまにだけは申しあげねばと」

若い医師は声を詰まらせ、ぎゅっと拳を固める。

八重は気丈さを取りもどし、ことばを引きとった。

「夫は、お役目のことを何ひとつ申しません。もちろん、当然のことと受けとめてまいりましたが、夫の命が残り少ないことを知るにつけ、夫のすべてが知りたくなったのでござります。それで、こうして恥を顧みず、長尾さまのもとへまいりました。どのような些細なことでも結構です。夫が最後に何を望んでいるのか、その一端でも知ることができればありがたいと」

夫の望みを知り、遺された者たちが生きぬくための寄る辺にしたいのか。

だとすれば、あまりにも悲しすぎる。

神仏は、善人をどこまで苦しめれば気が済むのか。

いったい、蓑田が何をしたというのだ。

煤《すす》だらけの天井を見上げ、勘兵衛は大きく息を吸った。

「八重どの、ご意志はわかった。蓑田源十郎が何を望んでいるのか、残念ながら、ほんとうのところはわからない。ただ、蓑田は一命を賭して、同心が守るべき正義とは何かを訴えたいのだとおもう。そして、世の中の理不尽を正したいのだとおもう。じつは、蓑田に頼まれたのです。とある商人の悪事を調べてくれと。わたしのことを骨のある同心だと、そう言ってくれました。ゆえに、やつのためなら何でもしようとおもった。骨が舎利になっても……などと、本人の目のまえで縁起でもないことを口走ってしまったが、今はその気持ちが悔し涙でぐっしょり濡れている」

「長尾さま……あ、ありがとうございます」

八重は両手を投げだし、嗚咽《おえつ》を漏《も》らしはじめる。

落ちつくのを待って、勘兵衛は優しく声を掛けた。

「八重どの、思い出したくもなかろうが、ひとつ教えてほしい」

「何でしょう」

「菊どのが暴漢に襲われたとき、指を食いちぎったと仰ったな」

「はい、申しあげました」

「指というのは、左手の薬指であろうか」

「仰るとおりにござります」

勘兵衛は、八重のことばを呑みこんだ。

蓑田の激しい怒りが、伝わってくるようだった。

十

勘兵衛にはひとつ、懸念すべきことがあった。

玄武に責め苦を与えて殺《あや》めたのは、蓑田なのではあるまいか。

かりにそうであったとすれば、殺しを誘発したのは勘兵衛自身である。薬指の無い壺師のはなしをしなければ、蓑田は娘を犯した暴漢の正体に気づかなかった。

同じ指でも薬指一本だけを失うのは難しい。よほどの事情がないかぎり、そうしたことは起きにくいと、蓑田も踏んでいたはずだ。左の薬指を失った悪党を探すべく、穴蔵に籠もり、あらゆる帳面に目を通していたのかもしれない。

すべては、愛娘の心に深い傷を負わせた連中を葬るために、尋常ならざる執念をみせたのだ。そして、七年が経ち、おもいがけないところから、暴漢と疑わしき男のひとりが浮上した。

壺師の孫七はしかし、屍骸になっていた。復讐《ふくしゅう》はできない。

蓑田はすかさず、暴漢の残るひとり、玄武を捜しだした。

火喰男という生業さえわかれば、捜すのはさほど苦でもない。案の定、蔭間茶屋の常連であることをつかみ、蓑田は病で痛むからだを引きずるように花房町へ向かった。酔った玄武を熟練の捕縄術で縛り、陰惨な責め苦を与えて、七年前の行状を吐かせた。そのとき、渡海屋と名を変えた伊吹屋のことも知ったのだ。

これも宿縁か、翌日、渡海屋の下女おたほは主人の磯六によって手込めにされ、救いを求めて浅草広小路の大番屋に飛びこんできた。

許すべからざる行いが七年前の凶事と重なったとき、蓑田の怒りは頂に達したのかもしれない。

と、そこまでの筋を描きながら、勘兵衛は首を振った。

いや、ちがう。そんなはずはない。

相手が兇状《きょうじょう》持ちの極悪人であろうとも、十手を預かる同心が私怨から人の命を奪ってよいはずはない。それしきの道理がわからぬ蓑田ではなかろう。

ならば、誰が何のために、玄武の命を奪ったのか。

虚しい問いを繰りかえしつつ、勘兵衛は蕎麦をたぐった。

夜風が赤提灯を揺らしている。ここは神田花房町の裏道だ。

戌《いぬ》の五ツ半を報《しら》せる鐘の音とともに、頬被《ほっかむ》りの小柄な男がやってきた。

「おう、こっちだ」

「はい」

勘兵衛が衝立《ついたて》の内へ招いてやると、男は頬被りを外した。

頬に幼さを残す優男は、蔭間の菊右衛門である。

「どうでえ、少しは立ちなおったか」

「おかげさまで。お見世は替わりましたけど」

「そうだってな。抱え主に移り先を聞いたら、あんまりいい顔はされなかったぜ」

「あのときのことをおもいだすと、夜も眠れません」

「でもよ、おめえはこうして生きている。それだけでも、運があったとおもえ。ほれ、呑むか」

「頂戴します」

勘兵衛は自分の盃を空にし、冷めた酒を注いでやった。

「おめえに来てもらったのは、ほかでもねえ、もういちど、あのときのことを思い出してもらいたくてな」

「ご勘弁を」

菊右衛門は盃を置き、がっくり頭を垂れた。

「玄武が殺されたときのことはいい。玄武と乳繰り合っていたときに、何か聞かなかったかどうか、そいつをな」

「たとえば、どんなことを」

「金だ。急に金まわりがよくなったとか、そういったことさ」

「それなら、おもいあたることがございます」

「ん、そうかい。じゃ、ゆっくりでいいから、喋ってみな」

「はい。まとまった金が入ったから、わたしを身請けしてやると、玄武さまは仰いました」

「それは、いつのはなしだ」

「殺された宵です。まだ、さほど酔われていないころで、笑いながら仰ったのを、わたしは真に受けました。お金のはなし、ほんとうのような気がして」

「ほかには、何か言ってなかったか」

「かまがどうのと」

「かま」

「はい。『同じかまでも、蔭間の釜じゃねえ。壺を焼く窯さ』と仰り、げらげら笑いながら『洒落《しゃれ》にもならねえはなしだが、今戸の窯にゃお宝が眠っていたんだぜ』と、意味のわからぬことを口になされました」

ごくっと、勘兵衛は生唾を呑みこんだ。

玄武が責め苦を与えられ、あげくに殺された事情が、突如、のどのつかえが取れたようにわかったのだ。

まず、茂吉の壊された窯が何に使われたのか。

おそらく、渡海屋が抜け荷で儲けた銀を隠しておくための場所だったにちがいない。

壺師の孫七がそのことを、茂吉とのやりとりのなかで嗅ぎつけた。さらに、悪党仲間の玄武が、孫七からお宝を奪う算段を持ちかけられ、はなしに乗ったのだ。

ふたりは、まんまとお宝を奪った。ところが、分け前か何かで揉めたあげく、玄武は孫七を殺めた。奪われたお宝の行方を探していた渡海屋たちは、玄武の居場所を嗅ぎつけ、過酷な責め苦を与えたすえに、銀の新たな隠し場所を吐かせた。

きっと、そうだ。

玄武は私怨ではなく、金絡みで殺されたのだ。

蓑田は下手人でないと確信し、勘兵衛は安堵《あんど》した。

ならば、いったい、誰が玄武を殺めたのだろうか。

捕縄術に長《た》けた者だ。

やはり、不浄役人しかいない。

銀を奪われた渡海屋とつるんでいる者、そうなると、頭に浮かぶ顔はひとつしかなかった。

「石原数之進」

ばらばらにみえていたものが、ようやく、一本の糸で繋がってくる。

七年前、石原は蓑田の上役だった。抜け荷の探索を止めさせた張本人でもある。

いまだ臆測の域を出ないものの、当時、伊吹屋と称した渡海屋は石原の指図で孫七と玄武を雇い、抜け荷の追及に邁進《まいしん》する蓑田を脅そうとしたのかもしれない。暴漢に愛娘を襲わせるという卑劣な手段を講じ、蓑田の士気を萎えさせようとしたのだ。

ものの見事に、策は塡《はま》った。

蓑田は穴蔵に封じこめられ、その情熱も葬りさられたかにおもわれた。

が、そうではなかった。

悪党どもは束にまとめて、裁かれるときがやってきた。

蓑田の七年越しのおもいも、報われるときがやってくる。

抜け荷の証拠となる俵物か、あるいは、報酬としてもたらされる大量の銀さえ見つけることができれば、悪党どもをぎゃふんと言わせることもできよう。

「あそこだな」

勘兵衛は、得意の勘をはたらかせた。

銀を隠すとすれば、やはり、あそこしかない。

蔭間の菊右衛門は、ぽかんと口を開けている。

「仕掛けるなら、早えほうがいいな」

勘兵衛はひとりごち、冷めた安酒をひと息に呑みほした。

十一

露地裏から、洟垂れどもの囃《はや》し歌が聞こえてくる。

——肩刺せ、裾刺せ、綴れ刺せ。肩刺せ、裾刺せ、綴れ刺せ。

晩秋まで鳴きつづける、つづれさせ蟋蟀《こおろぎ》の真似をしているのだ。

おたほは大番屋の奥に繋がれ、ろくに飯も食べさせられていない様子だった。

すべては、渡海屋の意向を汲《く》んだ石原数之進の指図である。

勘兵衛は見るに見かね、おたほの手鎖を外させた。

「十五の娘にこんな仕打ちをしやがって、よくも平気でいられるなあ」

留守番の小者に向かって啖呵《たんか》を切り、自分が責めを負うからと言い置き、おたほを大番屋から連れだしたのだ。

駕籠に乗せて連れこんだ先は、葺屋町の福之湯であった。

ゆっくり湯に浸《つ》からせ、精のつくものを食べさせると、おたほは見違えるように元気を取りもどした。

ちょうどそこへ、銀次からの連絡《つなぎ》が入った。

予想どおり、大量の銀が見つかったのだ。

場所はほかでもない、今戸町の窯場であった。

渡海屋が茂吉から十両で買った壊れ窯にほかならない。

一度、孫七と玄武にあばかれた壊れ窯こそ、お宝の隠し場所としては最適ではないかと、勘兵衛は読んだ。

銀次を向かわせたところ、読みはものの見事に的中したのである。

勘兵衛はさっそく、数寄屋橋の南町奉行所へ足を向けた。

「ここからが正念場だ」

悪党どもを窯場へ誘うべく、仕掛けをしなければならない。

そのことを、蓑田に伝えておこうとおもった。

勝手に動いては申し訳ない。

悪党どもを束にまとめて捕縛するつもりだと、言っておきたかった。

了解を取りたかったのだ。石原数之進にも縄を掛けるがいいかと、確かめておきたかった。

ところが、訪ねてみると、黴臭い穴蔵は蛻《もぬけ》の殻《から》になっていた。

気配がないどころか、小机のうえはきちんと片付けてあり、勘兵衛宛ての文が残されてあった。

――すまぬ、骨を拾ってくれ。

たった一行、震える文字で書かれてある。

「くそっ、察しておったか」

蓑田は勘兵衛の動きを読みきり、先走ったのだ。

石原数之進を斬る。

それだけは、どうしても譲れなかったにちがいない。

「させるかっ」

たとい、本懐を遂げることができても、与力を斬れば無事では済まぬ。

焦りが募った。

奉行所を飛びだすと、銀次が汗まみれで走ってくる。

「長尾さま、長尾さま」

「さすが銀次、よくここがわかったな」

「へい」

「どうした」

「渡海屋と地廻りが動きやした」

太眉の権介率いるごろつきどもが喧嘩装束を身に纏《まと》い、今戸橋へ向かったという。

「向かうさきは今戸の窯場。いってえ、誰が報せたんでやしょう」

「蓑虫だ」

「やっぱり、そうですかい」

「ごろつきどもはどうでもよい。狙いは与力さ。どうあっても、生かしちゃおけねえらしい」

「まだ間に合いやす」

「よし、行こう」

ふたりは比丘尼《びくに》橋まで走り、橋のたもとで猪牙《ちょき》を拾った。

行き先は修羅場、刃向かう者があれば容赦はしない。

「急げ、死ぬ気で漕《こ》げ」

船頭は急かされ、京橋川を矢のように下っていった。

「旦那、お宝の詰まった壺は、ぜんぶで三十余りありやしてね。老体に鞭打《むちう》って、ぜんぶ運びだしやしたよ」

「そうかい。よくやってくれた」

「使いを南茅場町の大番屋に走らせやした。鯉さまも駆けつけてくれやしょう」

「ならば、一気にカタをつけてやる」

「あとは、与力が出張ってくるかどうか」

「来るさ。せっかく溜めこんだお宝だ。そいつの無事を確かめるために、御本尊が手下を連れて出張ってくるにきまっている」

「手下ってのは叶さまで」

「そうだ」

「おふたりとも、お強いって聞いておりやすけど」

「石原数之進は新陰流、子飼いの叶恭一郎は一刀流の免状持ちらしいからな。されど、蓑田源十郎も負けてはおらぬぞ。やつは夢想流の居合に習熟している」

「へえ、そいつは初耳だ」

たいして力を使わず、無駄な動きもない。捷《はや》さとキレで相手を打ち負かす技を会得しているはずだ。

「やつは石原と刺し違える腹にちげえねえ。なにせ、この日が来るのを指折り数えて待っていたのだからな」

「やらせちまうんですか」

「できることなら、石原を討たせてやりてえ。でもな、おれは痩せても枯れても十手持ちだ。悪党に縄を掛け、白洲に突きだすのがお役目さ」

「迷っていなさるんですね。旦那も辛えところだ」

「心配えなのは、あいつのからだのことさ。五体満足なからだじゃねえからな。刺し違えたくても、できるかどうか」

杏子《あんず》色の夕陽《ゆうひ》がすとんと落ち、川面に溶けながら広がっていく。

猪牙は燃えるような大川を遡上《そじょう》し、やがて、山谷堀の落ち口に掛かる今戸橋を指呼の間においた。

十二

茂吉の窯は、窯場の外れにあった。
土手を登れば、眼下に黒い鏡のような大川が滔々《とうとう》と流れている。
遊郭へやってくる猪牙はみな、今戸橋を潜って山谷堀の桟橋へ舳先《へさき》を差しいれる。
遊客を乗せた猪牙の灯りが、大川には点々と繋がっていた。
茂吉の窯は半壊していたものの、お宝を隠すことはできそうだ。
窯の周囲には藪が繁《しげ》り、ちょうどよい目隠しになっている。
もしかしたら、窯を壊したのは渡海屋かもしれないと、勘兵衛はおもった。
最初から、ここに狙いをつけていたのだ。
いつもはひっそり閑とした周辺が、いまや、騒然としている。
権介の手下どもが角棒や段平《だんびら》を振りあげ、口々に喚いていた。
「おら、出てこい。どこに隠れていやがる」
奪われたお宝と、お宝を奪った連中を捜しているのだ。
「おれたちのことでやすよ」

銀次が、声を起《た》てずに笑った。

銀の詰まった壺は、今戸橋の桟橋に横付けされた猪牙のなかに移してある。

猪牙のうえでは、口をへの字に曲げた茂吉が踏んばっていた。

命じられたとおり、事が収まるまで番をしつづけるにちがいない。

勘兵衛は鯉四郎と銀次を左右に控えさせ、木陰から様子を眺めていた。

「捜せ、捜しだして叩っ殺せ」

権介が真っ赤な顔で怒っている。

隣に立つ渡海屋磯六は商人の仮面を剝ぎとり、盗人の地を晒していた。

「まだ、近くに隠れているはずだ。虱《しらみ》潰しに捜せ」

蓑田がどうやって悪党どもをおびきよせたのかは、勘兵衛にもわからない。

おそらく、玄武の仲間に化け、阿呆《あほ》な権介のもとへ行き、お宝を奪われたくなければいくらかの金を出せとでも言い、時刻を定めて窯場へ誘いだしたのだろう。

勘兵衛の意図した仕掛けを、蓑田はまんまとやりおおせたのだ。

そして、蓑田は今、息を殺して藪のどこかに潜んでいるにちがいない。

渡海屋より、もっと大きな獲物があらわれるのを待ちかまえているのだ。

「連中、来ましょうか」

鯉四郎が、不安げに問うてくる。

「来る。石原はきっと来る」

勘兵衛は、蓑田の遺言めいた一文をおもいだした。

――すまぬ、骨を拾ってくれ。

蓑田には、石原を白洲に引きずりだす気は毛頭ない。

すべての元凶である石原数之進だけは、みずからの手で始末をつけたいのだ。

気づいてみると、周囲はしんと静まりかえっていた。

――かたさせ、すそさせ、つづれさせ。

耳を澄ませば、本物のつづれさせ蟋蟀が鳴いている。

冬を迎えるにあたって、着物の手入れを促しているのだと、その名の由来を聞いたことがあった。

ふと、蟋蟀の鳴き声が途切れ、編笠をかぶったふたりの侍があらわれた。

突如、人影が動いた。

藪のなかではない。

蓑田は何と、ごろつき連中のなかに紛れていた。
前屈みになり、疾風となって駆けよせる。
猿のように、しなやかな動きだ。
「ぬおっ」
編笠侍の一方が、白刃を抜いた。
半分まで抜きかけたその脇を、人影は俊敏に擦りぬける。
脇腹が裂け、血が紐《ひも》のように飛沫《しぶ》いた。
声もなく、編笠侍は斃《たお》れていく。
叶恭一郎であろう。
からだつきでわかった。
「ふえ、ふえええ」
喧嘩装束の連中が悲鳴をあげ、散り散りに逃げはじめる。
「くせものめ」
叫びあげた編笠侍は、石原数之進にまちがいない。
ごろつきどもは逃げまどい、混乱をきたしている。
人影は納刀し、じっと蹲《うずくま》って動こうともしない。

動けないのだ。

「おぬし、蓑田源十郎か」

石原が編笠をはぐりとった。

白刃を抜きはなち、青眼に構える。

蓑田は鋭い眼光で見据え、腹から声を搾《しぼ》りだした。

「石原数之進、尋常に勝負いたせ……げほっ、げほっ」

言いはなったそばから、激しく咳きこむ。

「おら、やっちまえ」

渡海屋が叫んだ。

「わあああ」

権介以下、ごろつきどもが蟻《あり》のように群がっていく。

「鯉四郎、まいるぞ」

「は」

勘兵衛は十手を抜き、木陰から飛びだした。

「蓑田、蓑田」

友の名を叫びながら、悪党のただなかへ躍りこんでいく。

「うっ」

「ひぇっ」

悲鳴がつづいた。

太眉の権介が、面前に立ちはだかる。

無造作《むぞうさ》に、十手を振りはらった。

「ぬぎぇっ」

権介は、棒のように倒れていく。

雑魚に用はない。

勘兵衛は、石原を捜した。

いる。

白刃を八相に掲げ、瀕死の獲物を見下ろしている。

「待て、待ちやがれ」

「ぬりゃ」

気合一声、石原の刃が振りおとされた。

ばさりと、何かが斬られた音がする。

「蓑田」

叫んだところへ、何者かが突きかかってきた。

「うっ」

肩口を削《そ》がれる。

相手は浪人者だ。

「て、てめえ」

小野寺桂馬であった。

路銀まで握らせて逃したはずの用心棒が、表情も変えずに襲いかかってくる。

「あんたに恨みはない。ただ、わしは江戸を離れられぬ。離れたら食い扶持がなくなるのよ。わかってくれ」

「わからねえ」

わかりたくもないと、勘兵衛はおもった。

十手を仕舞い、白刃を抜く。

「おれに刀を抜かせたな。情けを仇で返えす野郎は許せねえ」

「きれいごとを抜かすな」

「あんだと。てめえ、ただじゃおかねえぞ」

「死ね。うりゃ……っ」

小野寺が突きかかってくるところを躱《かわ》し、勘兵衛は大上段から刃を振りおろす。

ぶんと刃音が唸り、脳天を縦に割った。

いや、ちがう。

刀は峰に返り、首筋に叩きおとされた。

「ぬぐっ」

小野寺は刀を落とし、その場に蹲る。

「銀次、縄を打て」

「へい、合点で」

勘兵衛は白刃を掲げ、蓑田と石原を捜した。

いない。

「老いぼれ、死にさらせ」

右脇から、ふいに段平が突きだされた。

渡海屋だ。

片袖を捲《まく》りあげ、前歯を剝いている。

「邪魔だ」

勘兵衛が斬りつけると、巧みに避ける。

敏捷《びんしょう》な盗人の動きだ。

「そりゃっ」

ばすっと、袖を断たれた。

「ふへへ、おれを倒すのは容易じゃねえぜ。ほれっ」

突きだされた刃を弾き、勘兵衛は斜めに薙《な》ぎあげた。

「おたほの痛みを知れい」

「ぎぇ……っ」

勘兵衛の刃は、渡海屋の鼻を削いでいた。

悪党は鼻を押さえ、地べたを転げまわる。

勘兵衛は前方を見据え、大声を発した。

「蓑田、蓑田」

どこにも、いない。

振りむけば、鯉四郎がごろつきどもを叩きのめしている。

勘兵衛は納刀し、前傾になって駆けた。

土手を這いあがり、目を皿にして河原を睨む。

いた。

月明かりのしたで、ふたりの男が対峙《たいじ》している。

間合いは近い。

石原は八相に構え、一方の蓑田は刀を杖《つえ》代わりにして立っていた。

左手で腹を押さえている。深手を負ったにちがいない。

「蓑田、おれだ。助っ人に来たぜい」

叫びかけるや、蓑田が応じた。

「手を出すな。こやつだけは、わしの手で……わ、わしの手で……げほっ、げほっ、ぐえほっ」

激しく咳きこんだところへ、石原が斬りかかっていく。

「せいや……っ」

蓑田は蹌踉《よろ》けながらも一撃を弾き、すとんと尻餅をついた。

「莫迦め」

石原は大上段に構え、地を蹴りあげた。

「ぬえい」

鉈《なた》割りの要領で、白刃を振りおろす。

「あっ、蓑田」

おもわず、勘兵衛は目を瞑《つむ》った。

「ぬぎぇ……っ」

つぎの瞬間、石原の背中から、白刃の先端が飛びだした。

勘兵衛は、口を開けたままだ。

ときが止まったかのようだった。

「おい、蓑田」

我に返り、土手を転がりおりる。

ふたりのそばに駆けよると、下になった蓑田が両手で刀の柄を握っていた。

顔も両手も、夥《おびただ》しい返り血で濡れている。

石原は刀に刺されたまま、鬼のような形相で死んでいた。

「この野郎」

勘兵衛は屍骸となった石原を蹴倒し、蓑田を助けおこす。

「おい、しっかりせい」

「な、長尾」

「ああ、おれだ。水臭えぜ」

「す、すまぬ……ほ、骨を拾いにきてくれたんだな」

「莫迦を言うな。死なせやしねえぞ」

「菊を……き、菊を頼む」

蓑田は目を開けたまま、涙を流している。

「もう、喋るな。頼むから、黙ってくれ」

「み、蓑虫が最期に……は、羽ばたいた」

蓑田のからだから、徐々に力が抜けていく。

無理に笑おうとした顔のまま、蓑虫はこときれた。

みずから望んだ華々しい最期ではあった。

「見届けたぜ。おれがちゃんと、見届けたぜ」

勘兵衛は号泣した。

誰に憚ることはない。

わずかに欠けた月までが、泣いているようにみえた。

十三

生きのこった渡海屋磯六と太眉の権介は、抜け荷の罪状で裁かれた。

いずれも、磔《はりつけ》獄門である。

しかし、一連の悪事に与力と同心が関与した事実は伏せられた。

露見すれば幕府の威光にも関わってくるとの判断である。

一方、下女奉公のおたほは、白洲に座らされた。

渡海屋がいかなる悪人であろうとも、奉公先の主人を傷つけた罪状は問わねばならない。

憐れな十五の娘にどのような裁きが下されるのか、世間も勘兵衛も注目した。

無論、厳粛な裁定のことで、奉行に嘆願や意見はできないし、やってはならない。

ところが、根岸肥前守鎮衛は、勘兵衛が期待したとおり、粋な裁定を下してくれた。

「奉公人が主人を傷つけた罪は重い。ただし、娘は逃れるのに夢中で、主人を傷つける意志は皆無であった。たまさか、髪に簪が挿《さ》してあったことで、こたびの事態にあいなったのだ。よって、主人を傷つけた簪を遠島に処す」

本人はお構いなし、簪を八丈島に流すことで一件は落着したのである。

この裁定は人情裁きとして、世間にもてはやされることになった。

何やらこそばゆい感じもしたが、ともあれ、薊《あざみ》の隠居にはまた借りをつくったことになる。

数日後、勘兵衛は馬喰町の対馬屋を訪ねた。

おきたが亡くなった夫の惣八から継いだ公事宿《くじやど》だ。

「お内儀《かみ》は、いるかい」

「あら、長尾さま」

おきたは、さっぱりした顔をしている。

「あいかわらず、忙しそうじゃねえか」

「ええ、正直、猫の手も借りたいほどですよ」

「そうかい。それじゃ、ちょうどよかったな」

「ええ、おかげさまで、助かっておりますよ。なにせ、あの娘は働き者ですからね」

「そうかい」

「もうすぐ、お使いから戻ってくるはずですけど」

ちょうどそこへ、ほっぺたを赤くした十五の娘が帰ってきた。

おたほである。

「あ、うぽっぽの旦那」

口走った途端、おきたに叱られた。

「こら、綽名でお呼びするんじゃないよ」

「す、すみません」

「へへ、かまやしねえ。うぽっぽって綽名は気に入ってんだ。お気に入りの娘に呼ばれたら、嬉しくなってくらあ」

「まあ、旦那ったら」

「お内儀、おめえにも、うぽっぽって呼んでほしいな。そうすりゃ、毎日でも足を向けてやるぜ」

「そんな」

「迷惑かい。なら、やめとくさ」

勘兵衛は「ぬはは」と笑い、おたほに向きなおる。

「おとっつあんは、どうしている。おれとの約束を、ちゃんと守っているかい」

「はい。すっかり性根を入れかえて、あれからお酒は一滴も」

「呑んでねえか。偉えな。今は何しているんだ」

「窯をなおしております」

「ほう、そいつはよかった。それじゃ、窯がなおったら、みんなで祝ってやろうじゃねえか、なあ」

「はい」

「おめえが元気そうで何よりだ。お内儀の言うことを聞いて、がんばるんだぜ」

「はい」

勘兵衛は対馬屋をあとにし、家路をたどった。

西の空が茜《あかね》に染まっている。

地蔵橋までやってくると、南天桐の枝に、つうっと細い糸が垂れていた。

「お、蓑虫じゃねえか」

蓑虫のなかには、成虫になっても翅《はね》が生えず、蓑のなかで生涯を終えるものもいるという。

「おめえはちがったな」

蓑田源十郎は穴蔵から飛びだし、同心魂をみせてくれた。

たったひとつの心配事は、死に際に頼まれた菊のことだ。

不幸を背負った娘には、どうにかして立ちなおってもらいたい。

何度か高輪の家を訪ねてみたものの、逢うことは叶《かな》わなかった。

「さて、どうするかな」

重い足取りで辻を曲がると、満天星《どうだん》の垣根が紅蓮《ぐれん》に色付いている。

門口に、静が立っていた。

「おもどりなされませ」

「お客人がお見えです。蓑田さまの奥さまとお嬢さま。遅くなってしまいましたが、このたびの御礼にと」

「そうか」

「もうおひとり、米倉伊織さまと仰るお医者さまもごいっしょです」

「ん、まことかそれは」

「はい」

勘兵衛は、顔を輝かせた。

さきほどまでの不安は、杞憂《きゆう》に終わるかもしれない。

もちろん、菊の心の傷が癒えるまでは長い月日を要するだろう。

しかし、いつの日か必ず、傷が癒えるときはやってくる。

「蓑虫よ、そうはおもわねえか」

勘兵衛は、筋状に重なる茜雲に問いかけた。

露地裏から、洟垂れどもの歓声が聞こえてくる。

「お、どうした」

静が遠慮がちに言った。

「夕餉《ゆうげ》は柚《ゆず》飯と松茸《まつたけ》をご用意しました。お客さまにも召しあがっていただきましょうね」

「うん、それがいい。せっかくだから、食べていってもらおう」

「勘兵衛さま」

「お、どうした」

「世はこともなし、ですね」

静がにっこり笑いかけてくる。

うんうんと頷きながら、勘兵衛は満天星の狭間《はざま》に消えていった。

『うぽっぽ同心十手裁き　蓑虫』二〇〇九年九月　徳間文庫

中公文庫

うぽっぽ同心《どうしん》十手《じって》裁《さば》き
蓑《みの》虫《むし》

2024年10月25日　初版発行

著　者　坂《さか》岡《おか》　真《しん》

発行者　安部 順一

発行所　中央公論新社
〒100-8152　東京都千代田区大手町1-7-1
電話　販売 03-5299-1730　編集 03-5299-1890
URL https://www.chuko.co.jp/

ＤＴＰ　ハンズ・ミケ
印　刷　大日本印刷
製　本　大日本印刷

Published by CHUOKORON-SHINSHA, INC.
Printed in Japan　ISBN978-4-12-207571-9 C1193

各書目の下段の数字はISBNコードです。978－4－12が省略してあります。

中公文庫既刊より

さ-86-1
うぽっぽ同心十手《じって》綴り　坂岡真
〝うぽっぽ〟とよばれる臨時廻り同心の長尾勘兵衛は、人知れぬところで今日も江戸の無理難題を小粋に裁く。情けが身に沁みる、傑作捕物帳シリーズ第一弾！
207272-5

さ-86-2
うぽっぽ同心十手綴り　恋文ながし　坂岡真
野心はないが、矜持はある。悪を許さぬ臨時廻り同心、長尾勘兵衛の粋な裁きが胸を打つ。傑作捕物帳シリーズ第二弾！
207283-1

さ-86-3
うぽっぽ同心十手綴り　女殺し坂　坂岡真
十手持ちには越えてはならぬ一線があり、覚悟を決めねばならぬ瞬間がある。正義を貫くため、長尾勘兵衛は巨悪に立ち向かう。傑作捕物帳シリーズ第三弾！
207297-8

さ-86-5
うぽっぽ同心十手綴り　凍《い》て雲《ぐも》　坂岡真
「正義を貫くってのは難しいことよのう」生きざまに筋を通すため、この一件、決着をつけねばならぬ――。大好評、傑作捕物帳シリーズ第四弾！
207430-9

さ-86-6
うぽっぽ同心十手綴り　藪《やぶ》雨《さめ》　坂岡真
女だけで芝居を打つ一座に大惨事が……。たかが〝うぽっぽ〟と侮るなかれ、怒らせたら手が付けられぬ鬼と化す――。大波乱の傑作捕物帳シリーズ第五弾！
207439-2

さ-86-7
うぽっぽ同心十手綴り　病み蛍　坂岡真
わるいが、おぬしを見逃すことはできぬ――。この世は理不尽なことばかりだが、江戸には〝うぽっぽ〟がいる！　傑作捕物帳シリーズ第六弾。
207455-2

さ-86-8
うぽっぽ同心十手綴り　かじけ鳥　坂岡真
男手ひとつで育てあげた愛娘が手許から去ってしまう。寂しさが募る雪の日、うぽっぽのもとを訪れたのは……。「十手綴り」シリーズ、悲喜交々の最終巻。
207466-8